원종건의
엄지장갑 이야기

"아직도 벙어리장갑이라 부르세요?" 원종건의

엄지장갑 이야기

원종건 지음

북레시피

인사말

세상에는 관찰력이 뛰어난 사람들이 많은가 봅니다. 10년도 더 지난 일인데 그때 한 TV 프로그램에 나온 꼬맹이를 기억하고 제 얼굴에서 그 꼬맹이를 찾아내는 사람들이 있으니까요. 저는 어린 시절 그 방송을 통해 많은 도움을 받았습니다. 하지만 그 일은 꽤나 부담스럽게 다가오기도 했습니다. 매스컴의 효과가 어마어마했거든요. 시간이 지나면서 차차 부담감은 사라질 거라고 믿었지만 성인이 된 이후, '그때 그 소년'이라는 타이틀로 저의 근황이 세상에 다시 떠돌기 시작했습니다.

반대로 몇 번의 방송 출연 덕분에 기분 좋은 일이 생기기도 했습니다. 그 일은 이 책을 쓴 이유이기도 하겠네요. 본의 아니게 알려진 저의 가정사와 제 활동을 보고 많은 위로를 받았다며 감사 인사를 건네주신 분들이 여러 분 계셨습니다. 이전까지만 해도 스스로의 삶에 대해 특별히 자랑스럽다거나 또 그렇다고 부끄럽다거나 하는 생각을 해보지 않았는데, 그런 제가 누군가에게 공감을 전하고 위로가 될 수 있음에 감사했습니다.

최근에는 이메일과 페이스북, 인스타그램의 메신저 기능을 통해 연락을 주시는 분들이 많습니다. 하지만 저마다 고민을 가지고 있는 분들의 사연을 접하면서 매번 느끼는 건 제가 할 수 있는 일이 아무것도 없다는 것이었습니다. 살아온 세월이 얼마 되지도 않을뿐더러 저 자신이 인생에서 무언가 확실한 해답을 찾기 위해 애쓰며 살고 있지도 않기 때문입니다. 저와 이야기를 나누면서 생각을 정리했다는 분들도 계시고, 새로운 다짐의 눈빛을 건네주신 분들도 계셨습니다. 그렇게 서로 영향을 주고받으며 살아온 이야기들을 책 속에 담았습니다.

저는 헬렌 켈러 같은 어머니로부터 가장 많은 영향을 받았고,

그래서 제 안에는 어머니로부터 깨달은 생각들이 곳곳에 스며 있습니다. 이 시대를 살아가는 한 청년이 여러 가지 사회 문제를 맞닥뜨리고 인지하면서 그 문제들을 어떤 태도로 바라보는지 책을 통해 느끼실 수 있습니다. 그 어떤 사회 문제를 해결하려고 부단히 노력하는 청년, 그리고 사회 초년생을 만나보시기 바랍니다.

이 책과의 인연을 시작으로 많은 분들이 다양한 사회 문제에 관심 가져주시기 바라며, 나아가 그 문제들을 해결하는 현장에서 서로 반갑게 만날 수 있다면 좋겠습니다.

더 좋은 일을 하고 싶은

원종건

차례

II

설리번 팀

장애인과 비장애인의 거리를 잇는 커뮤니케이터

III

엄지장갑 프로젝트

아직도 벙어리장갑이라 부르세요?

IV

이어 프로젝트

수화통역사 예약 시스템 만들기

V

현장의 소방공무원

HEREHERO

눈을 떠요

2005년 MBC TV 〈느낌표!〉

I

01

엄마는 현명하다

청일점

엄마와 나는 사당동에 위치한 속옷공장 기숙사에서 살았다. 엄마가 무슨 일을 하는지는 알 수 없었지만 나는 공장 내 갖추어져 있는 어린이집에서 낮 시간을 보내고 저녁때가 되면 퇴근한 엄마와 시간을 보냈다. 정확히 말하면 수백 명의 여성들과 함께 기숙생활을 했다. 방의 크기에 따라 4인 1실, 6인 1실이 있었다. 그마저도 2층 침대로 되어 있어 정확한 크기로는 2층 침대 두 개와 작은 캐비닛, 그리고 TV가 고작인 조그마한 방이었다. 화장실은 공용이었고 목욕시설도 커다란 목욕탕에서 다 함께 씻어야 했다.

나름 금남의 구역인 그곳에서 정말이지 남자는 나 혼자뿐이었다. 청일점이었다. 그래서인지 남자라는 존재인 나는 이방인이자 적이었다. 나에 대한 비난과 엄마에 대한 질책은 귀가 들리지 않는 엄마 대신 고스란히 내 귀에 들렸다. 하지만 엄마 직장 동료들의 날선 눈빛은 청각장애를 가진 엄마도 눈치챌 수 있을 정도였다. 우리 가정을 이해할 수 있는 엄마들은 그 기숙사에 살지 않았다. 각자 가정에서 출퇴근을 했기 때문에 기숙사에는 미혼 여성들이 많았다. 내가 복도를 지나다니면 낯선 여성들이 내 머리에 꿀밤을 내리꽂거나 엄마를 향해 날카로운 말을 내뱉으며 곱지 않은 시선을 보내곤 했다.

엄마는 현명하다

엄마는 곧 해결책을 찾았다. 엄마는 현명했다. 배식 시간 끝자락에 나를 식당으로 데리고 가서 최대한 사람들과 마주치는 일을 피했다. 그럼에도 문제는 있었다. 남은 반찬을 비닐봉지에 넣어가는 직원들 때문에 맨밥만 먹은 적이 많았기 때문이다. 심지어

그조차도 못 먹은 적도 많았다. 나를 씻기는 시간은 새벽 2시, 모두가 잠들었을 때다. 나를 씻기며 엄마는 잠을 설쳤다. 젊은 엄마는 나를 씻기며 꾸벅꾸벅 졸았다. 내가 할 수 있는 일은 멀뚱멀뚱 서서 엄마가 들이붓는 물을 맞는 것뿐이었다. 그래도 엄마로부터 가정교육을 받을 수 있는 장소는 그곳밖에 없었다. 기숙사에서 가장 큰 공간인 새벽 목욕탕이 아이러니하게도 모자가 유일하게 독립되어 있을 수 있는 공간이었기 때문이다.

"우리가 이 목욕탕 다 빌렸다, 그치?"

"누나들이 뭐라고 해도 미워하면 안 돼. 우리가 갈 곳이 없어서 누나들한테 피해를 주는 거잖아."

"우리 방 누나들은 착해서 주말마다 간식도 주고 그러니까 괜찮지?"

다시 생각해봐도 금남의 구역에 내가 들어가서 생활한 점은 다른 분들께 너무나 미안하고도 죄송하다.

당시 엄마는 기숙사에서 늘 죄송한 마음을 품고 살았고, 그 표현 중 하나로 기숙사 방 청소를 도맡아서 했다. 엄마가 모두 치워야 했기에 나도 장난은 최소화하면서 가능한 어지럽히지 않으려고 노력했다. 이 또한 엄마의 가정교육이었다. 다르게 표현하자면 기숙사 교육이기도 했다. 엄마는 주일에 교회 갈 때 쓰는 교통비와 한 달에 한 번 맥도널드 해피밀을 사주는 것을 제외하고는 알뜰살뜰 돈을 모았다.

그렇게 1년을 넘게 지내다 마침내 엄마와 나는 기숙사 밖에 방을 구할 수 있었다. 그마저도 온전한 집은 아니었다. 과일가게 뒤편에 2평 남짓 앉아서 쉴 수 있는 방을 칸으로 막아 세를 주는 집이었다. 화장실도 집 밖으로 나가 건물 반대편으로 가야 했다. 엄마는 고생 끝에 얻은 그 집을 너무나 사랑하셨다. 그렇게 엄마와 나는 처음으로 안락한 우리만의 공간을 갖게 되었다.

나 또한 이 공간을 너무나 사랑했다. 화장실을 가려면 건물 밖으로 나가야 했음에도 불구하고 매일 화장실 갈 때마다 엄마와 함께 갈 수 있어서 좋았고, 과일가게 사장님은 시식용으로 과일을 자를 때면 꼭 한 조각씩 주곤 하셨다. 과일가게에 들끓는 날파리는 싫었지만 말이다. 어느 날 엄마가 출근하고 난 뒤 과일가게 앞 도로에서 돌을 가지고 놀고 있는데 낯선 아저씨가 말을 걸어왔다.

"왜 여기 혼자 있니?" 낯선 이가 물었다.

"엄마는 일하러 갔거든요." 내가 경계하며 대답했다.

한마디씩 주고받은 말이 고작이었지만 그는 내 환경이 결손

가정임을 단번에 알아본 듯했다. 얼마 후 엄마가 집에 계실 때 그가 다시 찾아왔다. 알고 보니 그는 우리 동네 복지관의 사회복지사였다. 매일 출근길에 길가에서 혼자 놀고 있는 아이를 보며 궁금했던 복지사 선생님은 도움의 손길이 필요한 곳을 먼저 알아보았던 것이다. 그 선생님의 도움으로 엄마는 더 이상 일을 하지 않고서도 최저생계비를 지원받는 '기초생활수급자'와 '장애인연금대상자'로 인정받을 수 있었다. 그해 겨울, 엄마는 나에게 첫 선물로 벡터맨 운동화를 사주셨다.

그 시절이 나에게 남긴 유산은 무엇이 있을까 생각해본다. 엄마가 큰맘 먹고 사주셨을 벡터맨 운동화는 지금 아쉽게도 없지만 그보다 더 큰 유산은 바로 스트레스를 이기는 방법을 터득하게 된 것이었다. 그 안에는 '감사'와 '겸손'의 처방이 담겨 있다. 일상을 살아가면서 스트레스를 받는 것은 언제부턴가 너무도 자연스러운 일이 되었다. 하지만 그런 스트레스는 나를 움직이게 하는 삶의 원동력이자 매너리즘에서 벗어나게 하는 따끔한 채찍으로 작용할 뿐이다.

오늘 아침도, 속옷공장 기숙사에서 살던 시절 매일매일의 아침과 마찬가지로 엄마는 나에게 '감사'와 '겸손'을 주문하셨다. 어린 시절 엄마의 그 말을 들을 때면 '어라? 둘 다 ㄱ과 ㅅ이네!'

하면서 피식피식 웃곤 했다. 요즘도 한결같은 엄마의 그 아침 안부 인사를 들으면서 나는 가끔 짜증 섞인 듯한 눈짓으로 알았다는 표현을 대신한다. 하지만 매일 아침 엄마의 당부를 다시금 곱씹게 된다. 감사와 겸손, 스트레스를 이기는 그 엄청난 방법들에 대해서.

ㄱ과 ㅅ

'감사'와 '겸손'은 비슷하게 들릴지 모르지만 전혀 다른 방식으로 존재한다. 감사는 모든 순간에 존재하며, 겸손은 최고의 순간에 그 모습을 드러낸다. 엄마가 속옷공장 기숙사에서 눈치 보며 새벽 2시에 나에게 비눗물을 묻혔을 때에도 감사는 존재했다. "우리가 목욕탕을 다 빌렸다, 그치?" 그랬던 것처럼.

엄마는 모든 것을 늘 감사의 눈으로 바라본다. 일주일을 꼬박 모아 쌓아 올린 박스 위로 비가 한두 방울 떨어질 때조차 엄마는 감사 표현을 잊지 않는다.

"옛날에 눈이 잘 안 보였을 때는 박스가 무거워지면 비가 왔나 보다 했는데 지금은 비가 올 때 박스의 색깔이 변하는 게 보이니 참 좋다."

비를 머금은 박스는 고물상에서 받아주지 않기에 박스가 다시 마를 때까지 한참이고 기다려야 함에도 불구하고 엄마는 하나님께 감사를 표한다. 엄마의 이런 감사의 마음을 보며 자랐기에 나도 매 순간 내 앞의 모든 일들에 감사함을 발견한다. 공모전에서 아쉽게 2등을 해도 1등한 친구를 축하해줄 수 있어서 감사했고, 사람들로 꽉 찬 2호선 승강장에서 열차를 놓치더라도 다음 열차를 가장 먼저 탈 수 있음에 감사했다. 때때로 아쉬운 마음과 짜증 섞인 마음이 찾아오기도 하지만 엄마가 옆에서 늘 일깨워주었던 감사함을 놓치지 않으려고 노력한다.

나에게 또 다른 'ㄱ, ㅅ'으로 각인된 '겸손'은 자주 마주하기가 쉽지 않지만 엄마는 아들이 밖에서 멋진 일을 하는 줄 아시는지 매일 같이 겸손하라고 당부하신다. 사실은 그렇지 않아 부끄럽긴 하지만, 그래도 엄마에게서 감사와 겸손의 당부를 듣는 일은 즐겁다. 모든 일에 감사함을 찾으면 어떤 일이든지 긍정적으로 해석하게 되고, 또 겸손하려고 노력하면 어떤 일이든지 평정심을 가진 채로 일할 수 있게 된다. 그러면 자연스레 일상의 스트레스에서 벗어나게 되는 것 같다.

스트레스 어벤저스

신입사원이 되어 정신없는 나날을 보내고 있었다. 입사한 지 두 달도 안 된 신입사원이었기에 배울 것이 너무나 많은 순간이었다. 그렇게 하루하루가 정신없이 지나가던 어느 날 나에게 일을 하달하던 팀장님이 어느 과학 프로그램에 출연해볼 생각이 있냐고 물었다. 팀장님 말이면 무조건 "네!"가 나올 때여서 그랬는지 대뜸 하겠다고 대답했다.

출연 프로그램은 〈생로병사의 비밀〉이었다. 평소 자주 보지는 않았지만 〈동물농장〉이나 〈가요무대〉와 같은 장수 프로그램이었기에 익히 알고는 있었다. 처음에 프로그램 제목을 듣고 적잖이 당황했지만 아무렇지 않은 척했다. 그런데 내가 출연할 방송의 내용을 듣고 나선 다리에 힘이 풀려버렸다. 그 내용은 스트레스에 강한 '스트레스 어벤저스'를 조명하는 것이었다.

'스트레스 어벤저스'로는 최고의 정신력을 갖춘 국가대표 진종오 선수, 시각장애 6급에도 불구하고 소아암 어린이들을 위해 로드 FC 종합격투기에 도전하는 '의리의 사나이' 영화배우 김보성 씨, 2007년 가스폭발 화재 사고로 전신 85%의 치명적 화상을 입고 소중한 아들까지 눈앞에서 잃어야 했던 화상 환자 정인숙 씨, 그리고 걸그룹 오디션 프로그램에 최고령 참가자로 도전해서 '황이모'라는 별명을 갖고도 끊임없이 도전하는 황인선 씨가 출연한다고 했다. 이분들 모두에 있어서는, 자기 삶 앞에 밀려드는 스트레스를 감동의 의지와 불굴의 정신력으로 멋지게 이겨내는 장면이 자연스럽게 펼쳐졌다.

나 역시 그들만큼은 아니지만 내 삶을 방해하는 스트레스 정도는 스스로 이겨낼 수 있다고 자신하고 있었다. 하지만 설문조사를 하고 병원 검사까지 받고 난 뒤에는 "내 생각보다 스트레스 지수가 높게 나오면 어떡하지?" 하는 불안감을 감출 수가 없었다. 그렇게 검사를 받았다.

다음은 나의 스트레스 수치 검사 결과이다.

	성인 평균	원종건
상태불안	42.50	27
우울	6.14	2
긍정 자원	80.11	104
회복탄력성	62	90
스트레스	20,69	6

< 정신건강 척도 검사 결과>

검사 결과에 따른 가톨릭대학교 서울성모병원 정신건강의학과 채정호 교수님의 말씀은 다음과 같았다.

"스트레스에 대해서는 견디는 힘 같은 것도 상당히 높은 편이고 게다가 스트레스를 별로 지각하지도 않기 때문에 상당히 건강한 편이에요. 어떻게 보면 스트레스 쪽에서는 최고의 성과를 거두고 있는 어벤저스라고 할 수 있죠. 어머니의 선한 영향력이 아들에게 그대로 전달됐고 이런 스트레스를 발전시키는 사람들의 어떤 표상이라고 할 수 있겠습니다."

02

네버엔딩 스토리

같은 생일 다른 부모

드라마에서 사랑과 불륜 다음으로 많이 나오는 얘기 중 하나가 '탄생의 비밀'일 것이다. 왜 그런 이야기들이 있지 않은가, 부모님 밑에서 성실하게 잘 자라왔는데 알고 보니 친부모는 따로 있더라 하는…… 드라마에서는 낯설지 않게 등장하지만 현실에서는 좀처럼 찾아볼 수 없는 이야기이다. 하지만 나에게는 이와 비슷한 실화가 있다.

미리 말해두지만 나의 엄마는 친엄마가 맞다. 정확히 말하자면 여기서 주인공은 나의 부모님과 여동생이다. 여동생은 나와 두 살 터울로 생일도 같다. 나는 93년 1월 19일생, 동생은 95년 1월 19일생이다. 내가 세 살이 되던 바로 그날, 하나님이 생일 선물로 여동생을 주신 것만 같았다. 그런데 동생이 세상에 빨리 나오고 싶었는지 엄마의 배 속에 심장을 조금 남겨두고 나왔다. IMF가 닥친 상황에서, 우리 형편으론 동생을 치료할 수도 없었거니와 당시 의학적으로도 동생을 온전히 치료해줄 수는 없었나 보다. 선물같이 내게 온 여동생에게 두 살 많은 오빠가 제대로 인사를 건네기도 전에 동생은 스웨덴이라는 낯선 땅으로 입양을 가게 되었다. 아시아인의 외모를 가진 여동생은 그렇게 북유럽에서 스웨덴 국적을 갖고 살아가게 된 것이다.

네버엔딩 스토리

초등학교를 졸업하고 중학교에 들어갈 때 MBC TV 〈느낌표!〉 '눈을 떠요' 편을 통해 우리 가족의 일이 세상에 알려지게 되었고, 그로부터 3년 뒤 고등학교에 진학할 무렵 MBC의 또 다른 TV 프로그램에 출연하게 되었다. 〈네버엔딩 스토리〉라는 프로그램이었는데, MBC의 여러 아나운서들이 직접 진행하고 취재하면서 과거 화제에 올랐던 인물들이 현재는 어떠한 삶을 살고 있는지 조명하는 내용이었다. 나를 담당했던 이는 한준호 아나운서와 지금은 메이크어스 부사장으로 계시는 방현주 전前 아나운서였다. 프로그램 촬영은 생각보다 평범했다. 과거 화제 인물들의 근황을 비추는 것이었기에 고등학생이 된 나의 모습과, 여전히 공병과 폐지를 줍는 엄마를 조명했다. 조금 특별한 것이 있었다면 두 아나운서와 함께 제주도로 여행을 가서 함께 낚시도 하고 스쿠터도 타며 즐거운 1박 2일을 보내고 온 일 정도가 되겠다.

하루를 즐겁게 보내고 여행지 숙소로 들어와 엄마에게 소감을 묻는 인터뷰로 프로그램 촬영 일정은 막바지를 향하고 있었다. 그때 엄마가 인터뷰 중에 이런 말씀을 하셨다. 종건이와 함께 가족여행을 와서 무척이나 기쁘지만 딸아이와 함께하지 못해 마음이 무겁다고. 현장에 있던 아나운서와 촬영 스태프들이 모두 놀랐다. 종건이네 가족은 세상에 단둘뿐인 줄로만 알고 있었으니까. 사실 나도 많이 놀랐다. 어린 시절 종희(여동생)가 스웨덴으로 입양 가는 것을 도와준 입양센터를 통해 종희의 사진을 종종 받고 있었기에 여동생의 존재를 몰랐던 것은 아니다. 내가 놀란 이유는 다른 데 있었다. 아무리 가까운 사람에게라도 이 일을 밝힌 적 없던 엄마가 작은 고백을 했다는 게 놀라웠다. 귀가 들리지 않는 엄마의 말 한마디는 촬영 현장에 있던 다른 모든 사람들을 무음의 세계로 이끌었다. 순간 프로그램을 총괄하던 PD가 침묵을 깨고 짧게 말했다.

"종희를 보러 가시죠."

이어 엄마는 여권을 만들었고, 그렇게 종희를 만나러 가기 위한 준비가 시작되었다. 영영 찾을 수 없을 줄로만 알았던 여동생을 만날 생각을 하니 약간 두렵기까지 했다. 열일곱 살, 고등학교 1학년인 나는 갑작스레 오빠 역할을 해야 한다는 생각으로 책임감에 짓눌렸다. 아무것도 모르는 풋내기 오빠는 '여동생'을 위해 용돈을 긁어모아 큰 곰 인형을 하나 샀다. 왠지 그래야만 할 것 같았다. 제주도 한 시간 비행으로 끝날 줄 알았던 촬영은 예기치 않게 열네 시간을 날아 스웨덴까지 이어지게 되었다.

스웨덴까지의 장거리 촬영이었기에 촬영 스태프들은 줄었지만 도착을 하고 보니 어쩐지 전체 인원은 처음보다 줄지 않았다. 그곳에는 엄마와 나를 포함해 촬영 스태프, 입양센터 직원분들, 현지 통역사까지 있었다. 현지 통역사를 통해 입양센터 직원의 당부를 들으면서 비로소 여동생을 만나게 될 것이라는 실감이 들었다. 입양아인 종희가 미성년자이기에 자아정체성 확립을 위해 친가족과의 만남은 원래 지양했어야 한다는 말에, 우리 쪽에서 억지로 밀어붙인 것은 아니었는지 반성이 일기도 했다. 짧은 안내사항을 뒤로하고 여동생과의 만남의 장소로 이동했다. 엄마는 많이 긴장되었는지 내 손을 세게 붙잡으셨다. 문이 열리자 방 안에 낯선 외국인들이 보였고 그 사이로 눈물을 흘리고 있는 종희가 있었다.

"종희야!"

종희는 엄마의 손길을 회피하며 오열했다. 한국 나이로 열다섯 살, 아직 어린 소녀가 감당하기에 그 현실은 꽤나 무거웠을 것이다. 동생의 지난날들에 이미 많은 아픔과 고민들이 있었을 터이다. 통역사를 통해 전달되는 종희의 말들은 하나같이 본질을 건드렸다. "왜 입양을 택해야만 했나?", "왜 자신이었나?", "왜 오빠는 한국에서 자랐나?" 종희의 질문은 대답을 듣기도 전에 쏟아져 나왔다. 그 질문들을 얼마나 자문하며 살았는지가 느껴졌다. 낳은 정을 가진 엄마도, 키운 정을 가진 종희의 양부모님도 모두 종희를 이해해야만 했다.

종희와의 만남은 생각보다 너무나 짧았다. 카메라가 켜지면 서로를 바라볼 수 있었고, 함께 있는 그 순간들조차도 입양센터 직원들의 관찰을 받으면서 함께했다. 실제로 얼굴을 본 시간을 모두 합치면 두 시간도 채 되지 않을 것이다.

그렇게 우리는 종희의 나라를 떠났다. 제주도 펜션에서 예정되었던 마지막 촬영은 스웨덴 스톡홀름 공항에서의 이별 촬영으로 탈바꿈했다. 서로의 안부를 주고받으며 헤어지는 장면을 끝으로 카메라의 빨간 불은 꺼졌다. 그 작은 불빛의 소등은 두 가족의 이별을 의미했다. 엄마는 말없이 고개를 끄덕이며 현실을 받아들이고 있었다. 촬영 도중 가족 기념사진을 위해 잠시나마 종희 옆에 앉았던 그 순간, 그래도 짧게나마 잡았던 손길이 있어 괜찮다고 하셨다. 모든 장비들을 추리고 티켓팅을 하고 있던 무렵, 종희 가족과 함께 공항을 나섰던 현지 통역사가 우리를 찾아 뛰어 들어왔다. 그분이 전해주신 종희의 한마디는 전율을 일으켰다.

"종희가, 엄마 사랑한다고 말해달래요."

내가 종희에게 건넨 커다란 곰 인형은 종희의 작은 한마디에 비하면 보잘 것 없게 느껴졌다. 엄마는 종희의 그 말이 믿기지 않는 듯 한국으로 돌아오는 비행기 안에서 내내 몇 번이고 되물었다. 스웨덴어에서 출발해 한국어로 번역된 그 말이 또다시 큰 입모양과 손짓으로 옮겨지는 과정에서 제대로 전해진 게 맞는

지 재차 확인하기라도 하려는 듯이.

그렇게 집에 도착했다. 달라진 것은 아무것도 없었다. 나는 다시 이른 아침의 부족한 잠을 갈망하며 학교를 다녔고 엄마는 길에 버려진 공병과 폐지 줍는 일상을 반복했다. 입양센터 직원의 단호함이 우리를 일상으로 강제 복귀시켰던 셈이다. 도대체 그놈의 '자아정체성 확립'이 뭐라고…… 머리로는 몇 번이고 이해가 됐지만 메일 주소조차 교환하지 못한 우리는 종희와 두 번째 이별을 하게 된 것이다.

종희에 대한 추억은 나에게 강렬한 기억으로 남았다. 그 기억이 어찌나 강렬했던지 내가 성인이 되는 나이보다 종희가 성인이 되는 해를 기다렸다. 종희가 성인이 되는 해가 오더라도 무얼 어찌할 방도는 없었다. 그저 동생의 건강과 양부모님께 감사하는 기도가 고작이었다. 그렇게 나 자신에 대한 무력감이 더해지는 삶을 살던 중 추억을 흔들어 깨우는 알람이 울렸다.

종희였다. 그 기나긴 기도의 결실이라고 하기엔 너무나도 쉽게 연락이 닿았다. 허무한 감정마저 뒤섞이기도 했지만 놀랍고 반가운 마음이 더 컸다. 우리는 그렇게 페이스북 메시지로 몇 마디 주고받은 뒤, 지난 삶들을 서로의 뉴스피드를 통해 확인했

다. 종희의 뉴스피드를 보면서 적잖이 놀랐다. 첫째로 놀란 이유는 간단함 때문이었다. 영어도 아닌 스웨덴어로 도배된 동생의 뉴스피드 밑에는 작은 회색 글씨로 '번역하기'가 있었고 클릭 한 번이면 온전치는 못해도 유추할 수 있는 내용의 한국어로 번역이 되었다. 종희도 같은 기능으로 나의 뉴스피드를 보았다.

두 번째 놀라움을 안겨준 것은 종희의 지난 삶들이었다. 교육체계가 한국과 다른 스웨덴에서 종희는 나보다도 먼저 대학을 졸업했다. 그것도 체육대학을 졸업했다. 심장판막증을 앓았던 종희는 유제품도 먹지 못하고 오랜 시간 운동도 하지 못하는 줄로만 알았기 때문에 크게 놀랐다.

마지막으로 가장 놀랐던 것은 종희의 직업이었다. 종희는 자신이 겪어온 삶이 고스란히 묻어나는 직업을 갖고 있었다. 종희는 북유럽 사회에 사는 동양인이자 입양아였다. 거기다 심장판막증을 앓는 환자이기도 하다. 종희는 자신이 겪은 상황과 비슷한 환경에서 살고 있는 사람들을 위한 NGO를 설립하고, 그 단체의 대표이자 강연자로 살고 있었다. 종희는 자신이 지난날의 삶에서 겪은 경험들을 타인과 나누며 때로는 위로가 되고 때로는 잘못된 인식을 개선하는 일들을 하고 있었다.

엄마와 딸은 닮았다

종희는 엄마와 많이 닮았다. 차별과 고통의 터널을 지나는 중에도 타인을 향해 공감하고 있었다. 엄마는 가난과 장애의 장벽에도 불구하고 폐지와 공병을 주워 팔며 더 어려운 사람들을 위해 기부하고 나누셨다. 종희는 자신의 질환과 보이지 않는, 어쩌면 보였을지도 모르는 차별의 시선을 느끼면서도 비슷한 고통을 겪는 이들을 위해 자신을 드러내어 공감의 치료를 행했다.

그런 두 사람을 바라보며 '나는 어떠한가?' 생각해보게 되었다. 나는 어떤 문제에 공감하고 어떤 능동적 행위를 했는지 자문했다. 엄마와 동생처럼 자신의 모든 움직임 하나하나마다 방해가 되는 신체적 불편함을 갖고 있지도 않으면서 낙담하고 좌절하진 않았는지 돌아보았다. 그와 같은 시선으로 온라인상에서 만난 종희, 그리고 함께 살고 있는 엄마를 바라보았다. 지금 함께하고 있진 못해도 종희의 30년 뒤의 모습이 그려졌다. 나는 한 가지 사실만큼은 분명히 말할 수 있었다. 자식은 부모를 닮을 수밖에 없다는 것. 비록 떨어져 있더라도 말이다.

03

눈을 떠요

MC 김제동과 god 형들의 방문

2004년 초등학교에서 맞이하는 마지막 겨울방학에 접어들었을 때, 집에 낯선 이들이 찾아들었다. 봉사자라고 하기엔 조금 나이가 들어 보이는 아저씨와 이모라 하기에는 젊고, 누나라고 하기에는 나이가 있어 보이는 사람들이었다. 그분들에게서 전혀 예상치 못한 이야기가 흘러나왔다. 엄마가 세상을 바라볼 수 있게 해주겠다는 것이었다. 초등학교 6학년생의 눈에 그들은 '신'처럼 보이기도, 장난을 치는 '사기꾼' 같아 보이기도 하였다.

그도 그럴 것이 엄마의 장애는 평생 극복할 수 없을 줄 알았기 때문이다. 낯선 이들의 허무맹랑한 말일지라도 기적 같은 그 말에 나는 마음속으로 큰 환호성을 질렀다. 하지만 이내 우울해졌다. 함께 자리한 사회복지사가 이런 기쁜 소식을 전하는 순간 엄마는 단칼에 거절하셨기 때문이다.

이유는 이러했다. 아들과 당신 자신은 나라에서 기초생활수급비와 장애연금으로 잘 생활하고 있고, 비록 매달 저축도 못 하는 처지이긴 하지만 폐지와 공병을 주워 아들의 교복비를 마련할 희망도 갖고 살고 있기에 이미 충분히 만족한다는 것이었다. 속으로 기뻐하던 나는 금세 깊은 절망감에 빠졌다. 엄마가 너무나 원망스러웠다. 기적과도 같은 이 기회를 한차례 고민도 없이 거절하다니, 도저히 이해할 수가 없었다. 그렇게 낯선 이들은 우리 집을 떠났고, 그와 함께 나의 희망도 사라졌다.

이후 나는 몇 날 며칠을 악몽에 시달렸다. 엄마의 판단에 대한 원망이 뒤섞여 그런 꿈을 꾸게 된 것 같았다. 엄마에게 악몽을 얘기하고 도대체 그날 왜 거절했냐고 물으니, 그 수술은 각막이식이라는 수술인데 당신이 받지 않으면 다른 사람에게 그 기회가 돌아간다고 했다. 당신은 희미하게나마 인지하고 폐지를 주울 수 있기에 상태가 더 좋지 않은 사람에게 가는 것이 옳다고 말씀하셨다. 여전히 엄마가 원망스럽기는 매한가지였지만 엄마의 선택을 존중했다. 그렇게 우리 가정의 기적은 짧게 불타올랐다 사그라지는 듯하였다. 며칠 뒤, 낯선 이들이 방문했을 때 통역을 도와주던 사회복지사가 내게 엄마의 수술에 대해 물어왔다.

"종건아, 엄마 눈 수술 받는 것에 대해 어떻게 생각해?"

나는 당장이라도 '제발 하셨으면 좋겠어요!'라고 답하고 싶었지만 엄마가 했던 말이 머릿속을 떠나지 않았다. 그래서 애매한 답변을 내놓고 말았다.

"그 사람들이 또 놀러오면 좋겠어요."

내가 생각해도 당시 그 답변이 무슨 뜻인지 종잡을 수 없었지만, 복지사 선생님은 단박에 알아차리셨다. 그리고 그 낯선 이들은 우리 집에 다시 놀러오게 되었다. 낯선 이들이 다시 오기 전에 나는 엄마의 마음을 돌리는 작업에 착수했다.

입모양과 몸짓을 커다랗게 하고 손바닥 위에 글씨를 써가며 엄마에게 나의 마음을 전달했다.

"엄마가 눈 수술 안 한다고 해서 그 사람들이 헛걸음했잖아!"

"엄마가 눈 수술 받으면 폐지 더 많이 주워서 나 교복 사줄 수 있을 텐데……."

이런 식의 말들을 얼마나 많이 했는지 모른다. 하지만 엄마의 맘을 돌린 말은 정작 이 한마디였다.

"엄마가 눈이 보이면 좋겠어, 이제 중학교 가면 나 3시 넘어서 와. 엄마 혼자 있어도 잘 보여야 내가 걱정 안 하지."

이전에 수도 없이 건넨 말들로 엄마의 마음이 돌아섰는지 모르겠지만 엄마는 이 마지막 한마디를 듣고 난 뒤 대답했다.

"그래 수술 받을게."

엄마의 동의 후에는 모든 일이 일사천리로 진행되었다. 낯선 이들은 우리 집을 재방문했고 그제야 나에게도 자신들의 정체를 밝혔다. 낯선 아저씨는 MBC 방송국의 PD이고, 나이를 추정할 수 없었던 여성분들은 작가라는 것이었다. 한 번의 안면이 있어서인지, 신분을 알게 되어선지 알 수 없지만 내 마음속에 그들이 더욱 친근하게 다가왔다. 얼마 후, 또 다른 친근한 얼굴들이 집으로 찾아왔다. MC 김제동과 god의 박준형, 손호영, 데니안, 김태우였다. 솔직히 그들을 보며 많이 놀랐다. TV로만 보던 연예인을 실제로 봤다는 일차원적 이유보다는 그들의 공감 능력 때문이었다. 제동이 형은 엄마와 나에게 "단둘이 사는 거예요?"라는 질문을 하고 고개를 떨어뜨리며 눈물을 흘렸다. TV 속에서 항상 웃는 얼굴만 보여주던 사람이 내 앞에서 울고 있는 모습을 보며 연예인들의 공감 능력은 평범한 사람들보다 훨씬 뛰어나다는 것을 알게 되었다. 낯설었지만 그들의 공감 능력에 동화되어 나도 눈물이 흘렀다. 그들은 눈물을 닦아내고 우리의 가정사를 깊숙이 들추어낸 채 떠나갔다.

후회되는 그날

〈눈을 떠요〉 첫 녹화 후, 약 일주일의 시간이 지났다. 두 달에 한 번꼴로 배탈이 났었는데 마침 그날이었다. 배가 너무 아파 작은 집에서 더 작게 웅크리고 있었는데 밖에서 내 이름을 크게 부르는 목소리가 들렸다.

"종건아!"

며칠 전 보았던 김제동, god 형들의 목소리였다. 나는 엄마를 툭툭 쳐 손님이 왔다는 것을 알렸다. 엄마는 그제야 손님들을 향해 돌아섰다. 엄마는 반가움보다는 내가 아프다는 얘기를 인사말로 건넸다. 어떻게 알았는지 밖에 구급차도 와 있었다. 정말 하나님이 나를 바라보고 계시는 것만 같았다. 사실은 엄마의 각막이 막 한국에 도착했고 시간이 지체되기 전에 이식 수술을 진행하기 위해 엄마를 모시러 구급차까지 동원하여 우리 집을 찾은 것이었다. 엄마의 각막이식 수술 소식을 듣고 마음속으로는 뛸 듯이 기뻤다. 하지만 몸은 그러지 못했다. 이러한 기쁨과 고통의 혼란은 엄마도 마찬가지였다. 세상을 바라볼 수 있는 기회가 코앞에 다가왔는데 아들의 배탈 때문에 그 기쁨도 온전히 누리지 못하고 계신 것이었다.

엄마는 사당동에 위치한 우리 집부터 각막이식 수술을 진행하는 강남성모병원까지 10여 분의 이동 시간 내내 내 손을 꼭 붙잡고 계셨다. 지금은 어른이 된 나도 병원에 들어서는 순간이면 텁텁한 약품 냄새와 괜한 걱정으로 온몸의 신경이 곤두서는데 수술을 받으러 가는 엄마는 어땠을까? 그 희망적이고도 두려운 순간에 엄마의 긴장을 풀어드리지는 못할망정 난 엄마에게 부담을 안기고 있었다. 병원에 들어섰을 때, 나의 복통은 정점으로 다다랐다. 나중에 알았지만 복통의 원인은 '신경성 장염'이었다. 머릿속에 생각해야 할 것들이 많아질수록 복통은 점점 심해졌다. 결국 수술실로 들어서는 엄마에게 따뜻한 격려 한마디 건네지 못했다. 바로 이 순간이 내가 생각하는 가장 후회되는 순간이다.

아프지 말걸, 아니 아프더라도 좀만 더 참을걸…….

북적북적 저녁식사

엄마는 그렇게 한순간 수술실로 떠나고, 그 뒤 아무런 소식도 없었다. 각막이식 수술을 받은 후 통상 2주 정도 병원에서 휴식을 취하는데 방송국에선 재회의 장면을 극적으로 담기 위해 가족과의 만남은 금하고 있다는 것이었다. 더군다나 엄마는 다른 사람들과 다르게 청각장애까지 갖고 있기에 전화를 할 수도 없었다. 이제 겨우 초등학교 졸업을 앞둔 열세 살 아이에게는 극심한 외로움이었다.

'만약 엄마가 안 계시면 이런 기분일까?'

밤마다 홀로 집에서 잠을 자며 외로움에 눈물이 흘렀다. 잠 대신 찾아드는 슬픔과 그리움은 초등학생이 감당하기에 너무 버거웠다. 이런 쓸쓸한 맘은 나 몰라라 TV에서는 방송사마다 연말 시상식과 가수들의 합동무대로 분위기를 한껏 띄웠다. 그럴수록 나의 맘속은 더욱 얼어붙었다. 그때 문득 가장 밝은 TV 위쪽 창문에 더 밝은 빛이 비쳐들었다. 우리 집은 2층이었기에 자동차의 불빛도 아니었다. 호기심에 창문을 활짝 열었다. 창문 너머에는 밝은 조명을 켠 방송국 사람들과 김제동, god 형들이 있었다. 데니 형은 조금 전까지 연말 시상식의 MC를 보던 그 복장 그대로였다.

엄마 없이 쓸쓸한 연말을 보내고 있을 나를 위해 형들이 깜짝 방문을 한 것이다. 호영이 형은 떡볶이를 만들고 제동이 형은 불고기를 만들어서 연말의 저녁 한 끼를 함께 보냈다. 그들은 그저 방송 한 커트를 따기 위해 온 것이 아니었다. 카메라가 꺼진 후에도 god 형들은 한참이나 앉아서 수다를 나누고 떠났다. 데니 형은 우리 집에서 방송의상을 갈아입고 더 오래 앉아서 남은 음식을 먹었고, 제동이 형과 함께 온 슈렉 닮은 매니저 형은 내가 하던 레이싱 게임의 아이템까지 선물해주고 갔다.

사실 이 이야기가 그렇게 중요한 것은 아니다. 다만 내 인생에서 처음으로 외로움과 쓸쓸함을 알게 된 시기란 것이 중요하다. 돌이켜 생각해보니 이때가 사춘기였다. 감정들을 분리하여 고민하고 또 고민하던 시기가 바로 이때였던 것이다. 사춘기思春期는 봄에 대해 생각하는 시기가 아니라, 생각을 시작하는 시기라는 뜻이다. 〈눈을 떠요〉라는 방송 프로그램을 통해 내가 알게 된 첫 번째 깨달음은 외로움, 다르게 표현하면 '엄마의 소중함'이었다.

엄마없이 혼자 지낼 종건이 위해

호영
제가 떡볶이 만들어 드릴게요

북적북적 아홉 명이
둘러 앉은 저녁식사

언행일치

엄마가 수술실에 들어가신 후 2주 가까이 혼자 지냈다. 수술 직후 엄마를 찾아가 만나볼 수도 있었지만 극적인 재회의 장면을 담기 위해 준비하는 방송국의 사정도 있고 하니 기다릴 수밖에 없었다. 그나마 전화는 할 수 있다는데 청각장애를 가진 엄마와 통화는 불가능했다. 엄마와 철저하게 떨어져 있었다.

그러다 마침내 기나긴 외로움의 시간 끝에 엄마를 만나러 강남성모병원으로 향했다. 병원 본관 건물이 아닌 별관의 한 강의실을 들어가니 익숙한 얼굴들이 있었다. 〈눈을 떠요〉 제작진과 제동이 형, god 형들이었다. 처음에는 반가움으로 미소가 흘러나왔다. 하지만 제동이 형과 제작진의 몇 마디 물음에 머리 큰 소년의 눈에선 닭똥 같은 눈물방울이 떨어지기 시작했다. 우느라 정신없었지만 묻는 말에는 또 곧잘 대답했다. 어린 종건이는 아마 방송을 좀 알았나 보다.

"종건아, 엄마가 곧 오실 거야. 엄마가 종건이 보면 뭐라고 하실 것 같아?"

대답할 말을 찾기도 전에 내 머릿속에선 이미 여러 가지 그림이 그려지고 있었다. 또 눈물이 흘렀다. 그래도 방송을 좀 아는 어린 종건이는 바로 대답을 했다.

"음…… 이제 눈 보이니까…… 열심히 일해서 돈도 벌고, 맛있는 거 사주고 여행도 갈 거 같아요."

대답하고 또 울었다.

그렇게 몇 마디를 더 주고받은 뒤, 이윽고 제동이 형이 나에게 큰 소리로 엄마를 불러보라고 했다. '엄마는 못 들으시는데……'라는 말이 턱 끝까지 올라왔지만 제동이 형의 말을 들어주었다(어린 나는 방송을 알았던 게 분명하다).

"엄마!!!"

나의 외침에 문이 열렸다. 간호사가 도와준 것이다. 휠체어에 앉은 엄마가 보였다. 얼굴에는 붕대를 칭칭 감고 있었다. 환자복을 입은 엄마 모습이 얼마나 가냘팠는지 모른다. 내가 기억하는 엄마의 가장 연약한 모습이었다. 휠체어가 움직이기 시작하자 엄마는 붕대로 가려진 얼굴을 이리저리 움직이며 나를 찾았다. 엄마를 보니 가슴이 짓눌리듯 아파왔다. 눈물 콧물 범벅이 되어 아무런 소리도 나오지 않았다. 조용히 엄마에게 다가가 엄마의 손을 잡았다. 엄마가 나를 붙잡더니 손으로 얼굴을 더듬으며 물었다.

"종건이가?"

오래도록 기다리던 엄마의 물음에도 답할 수 없었다. 아무런 소리가 나오지 않았다. 그저 붕대로 둘러싸인 엄마의 얼굴만 바라볼 뿐이었다. 붕대 밑으로 흐르는 눈물이 보였다. 질문을 거듭하던 제동이 형과 제작진들도 나와 엄마와의 만남을 가만히 지켜보기만 하고 있었다.

가장 중요한 순간이 왔다. 붕대를 푸는 순간. 붕대가 한 꺼풀씩 엄마의 머리를 돌아 얼굴을 지날 때마다, 정말 보일까 하는 의구심으로 내 표정은 점점 더 심각해져갔다. 붕대가 다 풀렸다. 수술한 엄마의 눈을 투명색 보호대가 가리고 있었다. 보호대까지 떼어내자 엄마는 눈이 부신 모양이었다. 엄마의 동공이 수축되는가 싶더니…… 그때 엄마와 나는 충격적인 경험을 했다. 엄마와 서로 눈을 맞추었던 것이다.

엄마가 영양실조로 각막혼탁이 오기 전, 그러니까 내가 아주 어릴 적 엄마와 제대로 눈을 마주친 적이 있었다. 하지만 대부분의 삶 동안 엄마와 아주 정확히 눈을 맞춰본 적은 없었다. 엄마는 항상 미세하게 다른 곳을 바라보았다. 태어나 처음은 아니지만 꽤나 오랜만에 엄마와 눈을 맞춘 순간 온몸에 소름이 돋으면서 엄마의 수술이 잘되었다는 걸 깨달았다. 하지만 먼저 수화로 엄마에게 잘 보이느냐고 물었다. 누구보다 엄마의 대답이 필요했다. 엄마는 수화로 잘 보인다고 대답해주었다. 그제야 모든

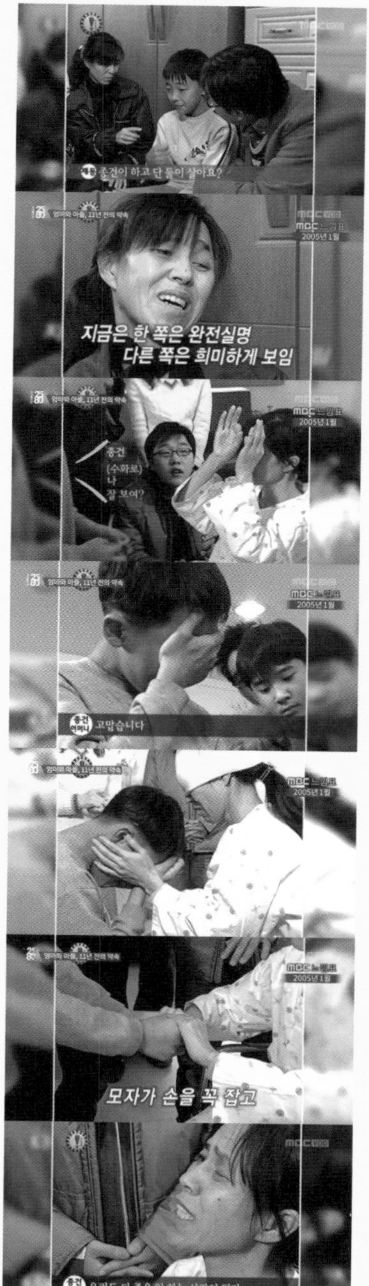
종건이 하고 단 둘이 살아요?
지금은 한 쪽은 완전실명
다른 쪽은 희미하게 보임
종건
(수화로)
나
잘 보여?
종건 어머니
고맙습니다
모자가 손을 꼭 잡고
종건 어머니
우리도 더 좋은 일 하는 사람이 되자

©MBC

걱정을 내려놓고 엄마 품에 안겨 울었다. 순수한 기쁨의 눈물이었다. 그렇게 한참을 기대 울고 있는데 엄마가 품에서 나를 떨어뜨리더니 입을 떼셨다.

"종건아, 우리도 더 좋은 일을 하는 사람이 되자."

엄마가 눈을 뜨고 난 뒤 스스로 내뱉은 첫 마디였다. 그때 나는 그 말을 이해하기 힘들었다. 그냥 좋은 일도 아니고 더 좋은 일? 나는 어리둥절하기만 했다. 엄마의 말이 너무 추상적이어서 알아들을 수 없었을 뿐만 아니라, 엄마가 나를 보면 제일 먼저 무슨 말을 할 것 같으냐는 제작진의 질문에 답했던 내 예상도 완전히 빗나갔다. 엄마는 내가 답했던 말보다 더 멋진 말을 간결하게 표현했다. 그래서인지 내 대답은 편집됐고 엄마의 그 한마디가 전파를 탔다.

사실 여기까지가 〈눈을 떠요〉 촬영에 대한 이야기다. 하지만 이날은 또 다른 의미에서 중요한 날이었다. 그 일이 행해진 건 제동이 형과 god 형들을 비롯해 제작진도 모두 떠난 뒤였다. 엄마와 나는 병원에 남았다. 엄마는 잘 보이는 눈으로 이제 혼자 움직일 수 있었다. 그런데 어딘가 이상했다. 조금 더 안정을 취하기 위해 병실로 올라가는 것이 아니라 병원 1층으로 향하는 것이었다. 엄마는 내 손을 잡고 수납창구로 갔다. 진료를 받았으니 돈을 내려는 것인 줄 알았다. 아니었다. 엄마는 수납창구 맨 끝에 있는 장기기증 서약 종이가 비치된 곳으로 나를 데려갔다. 그 자리에서 엄마는 장기기증 서약을 했다. 그제야 엄마가 눈을 뜨고서 내게 건넨 첫 마디가 머리를 스쳤다. "우리도 더 좋은 일을 하는 사람이 되자." 엄마는 장기기증 서약으로 그 말을 실천에 옮기신 거였다.

이처럼 언행일치의 교육을 몸소 보여주신 엄마 덕에 나는 한 가지 꿈을 갖게 되었다. 그것은 다름 아닌 '더 좋은 일을 하는 사람'이 되고 싶다는 것이다. 〈눈을 떠요〉 프로그램은 내게 두 번째 선물도 안겨주었다. 바로 꿈을 가질 수 있게 해준 것이다. 그 뒤로 지금까지, '더 좋은 일을 하는 사람'이 되고자 하는 내 꿈은 변함이 없다.

꿈

내 꿈은 '더 좋은 일을 하는 사람'이 되는 것이다. 반드시 어떤 종교단체나 국제구호단체에서 일한다든지 지금 다니고 있는 직장에서 사회공헌 업무를 해야 좋은 일을 하는 것만은 아니다. 그저 일상 속에서 어떠한 분야이든 좋은 일을 행하며 조금 더 나은 사람이 되고 싶을 뿐이다. 엄마의 한마디로 출발한 나의 꿈은 매 순간 이룰 수 있지만 평생 이룰 수 없는 아이러니함을 가지고 있기도 하다.

이를테면 바쁜 출근길, 우리 집 근처 이수역에서 회사가 있는 역삼역까지 가는 동안에도 얼마든지 나는 꿈을 이룰 수 있다. 지하철을 타러 가는 길, 깨끗하게 포장된 회색 보도블록 위로 먹다 버린 누런 아이스크림 스틱이 눈에 띈다. 그것을 주워 지하철 출구 옆에 있는 쓰레기통에 버렸다. 이 작은 행동으로 난 벌써 꿈을 이룬 것이다. 회사로 가기 위한 행동은 일상적이다. 그 일상 가운데서 문제점을 발견하고 해결할 수 있는 방법을 생각해내 행동에 옮겼다. 세세하게 쪼개기도 민망한 짧은 일련의 과정을 통해 나는 꿈을 이룬 것이다. 평범하게 가는 길보다 더 좋은 길을 가지 않았는가? 그 뒤로도 꿈을 이룰 수 있는 기회들은 많았다. 지하철 자리 양보하기부터 무거운 짐을 들고 계단을 오르내리는 어르신 도와드리기…… 사실 이와 같은 일은 많은 사람들이 실천하는 선행이다. 하지만 이런 선행들 하나하나가 내게는 매 순간 꿈을 이룰 수 있는 기회인 셈이다.

그런데 반대로 평생토록 내 꿈은 이룰 수 없는 것이기도 하다. 아주 감사하게도 만일 내가 고통 없이 자연스럽게 생을 마감하게 된다면, 혹은 숨을 거두기 전 내 지난날들을 돌이켜볼 만한 여유가 주어진다면, 살면서 마주했던 순간들을 떠올리게 될 텐데, 그때 나는 평생토록 간직해온 한마디를 다시 자문하게 될 것 같다. '나는 과연 더 좋은 일을 하는 사람이었나?'

이런 물음에 대한 대답이 선뜻 나오지 않을 듯하다. 아마 '계속하여, 그 이상으로'라는 의미의 단어인 '더'라는 표현 때문일 것이다. 그래서 이런 생각을 해본다. 지난날의 삶이 나에게 다시 주어진다면 더 좋은 일을 할 수 있을까? 아마 그럴 것이다. 언제나 두 번째는 더 나은 법이니까.

04

더 좋은 일을 하는 사람

기초생활수급자

나의 꿈은 더 좋은 일을 하는 사람이다. 작은 일 하나라도 사회에, 또는 누군가에게 보탬이 되는, 좋은 일을 하고 싶은 것이 나의 바람이다. 이 꿈은 엄마가 심어주셨다. 언제가 될지는 모르지만 꿈의 결실을 맺기 위해 하루하루 성장해간다. 어제 없는 오늘이 없듯 내가 더 좋은 일들을 실천하고자 하는 데는 내 지난 삶들에 근거가 있다.

기초생활수급자, 쉽게 말해 가난하다는 말이다. 난 평생을 가난하게 살았다. 내가 네 살 때 아버지가 IMF를 술로 버티려다 이겨내지 못하고 돌아가신 뒤, 엄마는 언젠가 노숙을 했던 순간이 있다고 고백했다. 비 오는 날 나를 부여안고 공중전화 박스 안에서 잠이 들었다고. 우유를 마시며 지나가는 아이를 보면서 우유를 먹고 싶다고 조르는 내게 엄마는 버려진 우유갑을 주워 깨끗이 씻고 그 안에 수돗물을 채워 "이게 우유야." 하고 건넸다고도 한다.

이것 말고도 깊고 시린 사연들이 한두 가지가 아닐 터인데 나는 이 짧은 이야기만으로 더 이상 엄마에게서 과거의 기억을 들출 수 없었다. 분명히 그 순간 엄마와 나는 함께였지만 엄마가 가지고 있는 상처는 나의 기억과 상상으로도 다가서지 못할 만큼 훨씬 더 클 테니까.

그럼에도 불구하고, 내가 기억하는 엄마와의 여행 에피소드가 있다. 가난으로 인한 이별 이야기가 될 수도 있겠다. 엄마가 내게 이 이야기를 들려준 건 가난을 말하고자 함이 아니라, 다만 신이 존재한다는 걸 얘기해주려 했던 것 같다.

짧지만 영원 같았던 노숙 생활을 끝낸 뒤 엄마는 누군가의 도움으로 내발산동에 위치한 모자母子 보호소에 들어가게 되었다. 오갈 데 없는 사람들이 그곳에 기거하며 엄마들은 직업 교육을 받아 가정을 책임질 수 있는 기술력을 얻고, 아이들은 보호소 내 어린이집에서 활동할 수 있었다. 한 가지 특별한 규칙이 있었는데, 거주 기간이 최대 1년이라는 점이었다. 보다 많은 사람들에게 공평한 기회가 제공되어야 했기에 어쩌면 당연한 룰이었다. 비슷하지만 각기 다른 사정을 가진 모자 가정들을 많이 만났다. 그리고 하나둘씩 세상 속으로, 사회를 향해 떠나갔다.

우리 모자에게 주어진 1년이라는 시간은 성큼성큼 다가오고 있는데 엄마는 취직이 되지 않았다. 아무도 말하진 않았지만 엄마가 취직이 안 되는 이유는 청각장애 때문이라는 걸 모르는 사람은 없었다. 그 사실을 엄마 스스로도 잘 알고 있는 듯했다. 그 사이 엄마는 나와의 이별도 준비하고 있었다. 엄마는 여동생을 입양했던 대한사회복지회에 나의 입양 서류를 준비했다고 한다. 그렇게 엄마는 여동생과의 이별, 아버지와의 사별에 이어 세 번째 이별을 준비하고 있었던 것이다. 나중에서야 들은 이야기지만, 나를 떠나보내고 난 뒤 엄마는 세상과의 이별 또한 생각하고 있었다고 한다.

아무튼 엄마는 굳은 결심을 하고 나와 함께 여행을 떠나셨다. 돈은 한 푼도 없었기에 돈 없이 묵을 수 있는 '오살리 기도원'으로 가셨고, 작은 토끼굴 같은 방에서 나를 부여잡고 밤낮으로 기도하며 우셨다. 그 가운데 엄마의 기도는 점점 본질을 찾아갔다. 처음에는 아들 종건이가 어디 가서도 항상 행복하고 건강하길 바라는 기도였다가, 나중에는 아들과 헤어지지 않게 해달라는 기도로 이어졌다. 엄마의 간절함을 다른 이가 먼저 보았다. 지나가던 한 권사님이 엄마와 단둘이 있는 나를 보고 일주일치의 식권을 사서 손에 쥐여주었다. 이로써 엄마와 나는 숙식을 해결할 수 있었다.

엄마는 그 와중에 간절히 바라는 것이 있었는데, 갈치와 포도를 먹고 싶었다는 것이다. 조금 생뚱맞긴 하지만 그 갈치와 포도 이야기가 아니었으면 나는 엄마에게서 이 에피소드를 전해 듣지 못했을 것이다. 엄마는 간절한 기도 사이사이에 밥을 먹게 해달라고, 갈치와 포도가 너무 먹고 싶다고 기도했다 한다. 그런데 그 기도원에서 일주일 동안 지겹도록 갈치와 포도가 나왔다고…… 엄마의 기도가 통했던 것일까? 사실 여부는 확인할 길 없지만, 지금 내가 엄마와 함께 살고 있는 것으로 보아 엄마의 기도가 통했음은 분명하다.

엄마와의 마지막 여행을 끝으로 다시 보호소로 돌아왔을 때, 엄마는 입양 서류가 아닌 취업 서류에 사인을 할 수 있었다. 서울 동작구 사당동에 위치한 한 속옷 공장에 취직이 된 것이다.

그곳에 계시는 부장님이 우리의 딱한 사연을 듣고 엄마의 취업을 도와준 것이다. 게다가 그 공장은 경비원 빼고 전 직원이 모두 여직원이었음에도 엄마가 숙소에서 나와 함께 살도록 허가해주었다. 그렇게 그 여부장님의 호의로 엄마와 나의 마지막 여행은 무기한 연기되었다. 비록 가난과의 동행은 여전하지만 그 거리를 약간 벌려놓을 수 있는 현재를 살게 된 건 감사할 일이다.

지금은 내가 취업한 상태지만 엄마는 여전히 기초생활수급자이다(내가 부양 의무자이지만 사회 초년생을 고려하여 엄마는 3년간의 정부 보호를 더 받는다). 평생토록 우리 가정에는 가난이 따라다녔다. 부끄럽지는 않지만 그렇다고 자랑스러울 리도 없지 않은가. 그런데 예기치 않게 나의 가난이 자랑이 될 수 있다는 사람을 만났다. 교육기부단체인 '미담장학회' 김인호 이사였다.

내가 대학 졸업반이던 때였다. 몇몇 사람들을 통해 나를 소개받았다면서 그는 나에게 자신이 몸담고 있는 미담장학회에 사외 이사로 와달라고 제안했다. 나의 가난이 미담장학회에 큰 도움이 된다는 것이었다. 내가 지난날 상상할 수 없을 만큼 처절히 가난했으나 주변의 도움으로 이렇듯 성장하게 되었다는 이야기, 이런 역경 극복 스토리를 미담장학회를 통해 공부하고 있는 저소득층 청소년들에게 전해주길 바란다고 했다. 조금은 충격이었다. 부끄럽지도 자랑스럽지도 않은 '가난'이 저소득층 청소년들에게 '공감'의 소재가 될 수 있다는 얘기였다. 그 신선한 충격 때문에 그 제안을 수락하고 말았다.

그렇게 하여 나는 지금도 전국구 '미담장학회' 지부에 아이들을 위한 특강을 다니고 있다. 내게 장애를 가진 엄마가 계시고, 아버지가 일찍 돌아가셨다는 이야기로 말문을 열면 아이들의 눈에서 하나둘씩 공감의 빛이 어리기 시작한다. 이어 가난에 대해 이야기하면 아이들은 더 이상 나를 낯설어하지 않는다. 이처럼 서서히 아이들에게 다가가면서 강의가 끝난 후엔 아이들에게 연락처를 나눠주곤 한다. 힘든 일이 있으면 연락하라는 말과 함께…… 경제적으로 힘들 땐 정신적으로도 힘들다는 것을 알기 때문이다. 당장은 아니더라도 시간이 한참 지난 후, 어느 날 불쑥 아이들이 연락을 해오기도 한다.

그 마음들이 참 고맙다. 하나같이 아픈 사연들이지만 같이 고민하고 근심을 나눔으로써 위로한다. 나의 고민도 함께 털어놓으며 어린 친구들과 서로 의지하다 보면 저절로 힐링이 되기도 한다. 이 모두가 내가 가난했기에 할 수 있는 일이다. 가난이 조금은 자랑스러워지기 시작했다.

●미담장학회

미담장학회는 수도권을 제외한 전국 14개의 지방 국공립대에 지부를 두고 있는 대학생 교육기부단체이다. 수도권에도 교육의 기회가 필요한 사람은 많지만 교육의 불평등은 지방에서 더욱 심하기에 수도권을 제외한 곳에 힘을 쏟고 싶다는 것이 미담장학회의 설립 취지다. 미담장학회는 얼핏 이름만으로, 학비 등을 지원하는 단체 같지만 행정부터 교육봉사까지 모두 지방 국공립대 학생들이 담당하는 대학생 봉사동아리 형태이다. 국공립대는 넓은 부지를 갖고 있어 주말이면 유휴공간이 발생한다. 또한 각 지역에서 유학 온 대학생들이 많기에 주말이면 시간이 나는 학생들도 생긴다. 이렇게 남는 시간과 장소를 활용하는 것이 미담장학회의 차별화된 매력 포인트다. 국공립대학교 학생들의 소속을 활용하여 주말에 대학교의 공간을 빌리고 학교 근처에서 공부를 하고자 하는 저소득층 청소년에게 무료 과외를 시켜준다.

장기기증

엄마는 2005년 MBC 느낌표! 〈눈을 떠요〉라는 프로그램을 통해 각막기증을 받으셨다. 그러고는 바로 장기기증 서약을 하셨다. 당시 열네 살이었던 나는 엄마의 눈을 뜨게 해준 장기기증에 대한 감사함을 표현할 길이 없었다. 성인이 된 후 나 역시 장기기증 서약을 했다. 받은 것에 대한 감사함이기도 했지만, 장기기증이 한 가정에 미치는 영향의 크기를 알았기 때문이다. 한데 막상 장기기증 서약서를 작성하고 보니, 그 약속은 생애 끝자락에서나 지킬 수 있는 것이기에 아쉬운 마음이 일었다. 그래서 살아가는 동안 감사한 마음을 표현할 길은 없을까 고민해보았다. 고민의 답은 헌혈이었다.

장기기증의 분류로 정의되지는 않지만 헌혈은 장기기증에 대한 감사함을 잊지 않는 마음과 그 실천의 일환으로 최적의 방법이었다. 그렇게 전혈, 혈소판 헌혈에 따라 두 달 혹은 2주마다 헌혈을 이어오고 있다. 해외 방문이 있거나 건강의 문제가 있을 때는 어쩔 수 없지만 나 자신과의 약속을 꾸준히 지켜가기 위해 노력 중이다.

장기기증에 대한 감사함은 엄마도 물론 마찬가지다. 엄마는 당뇨 약을 드시기에 헌혈을 할 수는 없어서 함께 감사함을 표현할 수 있는 다른 방법을 찾아야만 했다. 그러다 찾아낸 한 가지가 장기기증의 날 행사 참여였다. 매년 9월 9일은 장기기증의 날이다. 사후 장기기증을 할 수 있는 장기의 종류가 9가지이기 때문에 만들어진 날짜다. 그중 한 가지의 혜택으로 엄마는 지금 세상을 바라보고 계시다. 그렇기에 엄마에게 있어서 장기기증은 더 특별히 느껴질 수밖에 없다. 2015년 9월 9일 엄마는 마지막 순간에 장기기증의 약속을 지킨 사람들을 기리는 '별그리다'에서 다시 한 번 약속을 하셨다. 당신 삶의 끝에서도 세상을 향해 숭고한 나눔을 실천하겠노라고.

실업계

우리 집에는 아주 커다란 유화가 있다. 지금은 없지만 광섬유로 된 선인장도 있었고, 한때 커다란 박에는 학 두 마리와 소나무가 살고 있기도 했다. 익숙했기에 무심했던 걸까. 나는 그 물건들에 한 번도 관심을 가져본 적이 없었다. 중학교 1학년생인 내게 집 안의 인테리어 하나하나가 궁금하진 않았다. 그러던 어느 날 학교에서 가정통신문 하나를 나눠주었는데, 거기에는 학교 축제를 위해 사전에 협조받을 수 있는 항목들이 쭉 나열되어 있었다. 대부분 학생들이 참여하는 것이었지만 한 가지 특별한 대목이 있었다.

'학부모 전시회'

학생들의 축제인데 학부모가 전시를 한다는 것이 우습기도 하여 선생님에게 질문했다.

"학부모 전시회가 뭐예요?" 내가 피식거리며 말했다.

"응, 부모님들 가운데 손재주 좋으신 분들 작품들 받아서 축제기간 동안 미술실에서 전시할 거야. 종건이도 관심 있니?" 선생님께서 친절히 설명해주셨다.

집에 있던 몇 가지 미술품들이 생각났다. 중학교에 진학해 특별활동으로 서예반을 들어갔을 때도 엄마는 자연스레 집에 있던 벼루와 먹을 싸주셨다. 그렇다면 그 유화는 엄마가 만든 작품일지도 모른다는 생각이 들었다. 종례를 마치자마자 가정통신문을 들고 집 안으로 뛰어 들어갔다. 언제나처럼 그 자리에 유화가 있었고 광섬유와 박도 그대로였다. 엄마한테 작품들의 출처를 물었다. 엄마는 내 눈을 보고 한껏 기대에 찬 마음을 간파하셨지만 연유를 몰라 혼란스러운 표정으로 대답해주었다.

"내가 했지."

"엄마가? 엄마가 이런 걸 언제 했는데?" 한 번 더 확인이 필요했다.

“결혼 전에 했었지.” 엄마가 말했다.

“결혼 전에 왜 했는데?” 마지막 질문을 던졌다.

“화가였으니까.”

이 대답을 듣고 더 이상의 질문이 불필요하다는 것을 깨달았다. 그렇다. 엄마는 애초부터 장애를 안고 태어나진 않으셨다. 엄마가 갖게 된 장애는 모두 후천적인 것이었다. 엄마가 고등학생이었을 때, 이유를 알 수 없는 열병을 앓고 난 후 귀가 들리지 않았다. 결혼할 때까지만 해도 눈은 아무 이상이 없었다. 가족들과의 연이은 이별 뒤, 어린 나를 안고 노숙 생활을 할 때부터 심한 스트레스와 영양실조가 각막혼탁의 원인이 되었을지 모른다. 이유가 어찌되었든 장애를 갖기 전 엄마의 마지막 직업이 화가였다는 사실은 다소 충격이었다.

전시 관련하여 엄마의 간단한 허락을 받은 이후 축제가 다가왔다. 미술실은 검은 천 장식으로 뒤덮였고 여러 가족의 다양한 미술작품들이 이름표와 함께 걸리기 시작했다. 십자수부터 목공예, 수수깡 작품까지 그야말로 각양각색이었다. 그리고 그 한가운데 엄마의 작품들이 걸렸다. 한눈에 봐도 작품의 질이 달랐다. 축제날 엄마가 학교에 오셨다. 당신 작품이 작은 골방의 옷장 뒤가 아닌 번듯한 교실에 걸린 걸 보고 뿌듯하셨던 것 같다.

처음이었다. 엄마가 그린 그림 앞에 엄마와 나란히 서 있는 느낌은 낯설었다. 엄마의 젊은 시절 꿈을 바라보고 있는 듯한 느낌이었다. 세상과 소리로는 대화할 수 없지만 그림으로 대화하고자 노력하는 엄마의 또 다른 모습이 보였다. 그때였을까? 나의 버킷리스트에 '화가'가 추가되었다. 엄마한테 직접 얘기는 못했다. 그렇게 축제가 끝났다.

중학교 3년은 초등학교 6년이란 시간의 절반과 같지 않다. 비교할 수 없을 만큼 빠르게 지나갔다. 인생에서 가장 빠른 시간이 아니었나 싶을 정도로. 중학교 3학년의 막바지와 고등학교 3학년이라는 시기는 말도 못하게 다르겠지만 아무튼 나는 중학교의 다음 단계에 대한 고민이 별로 없었다(나만 없었을지도). 중학교 3학년 2학기 기말고사까지 끝나고 말년병장의 시기가 되었다. 선생님들도 제대로 수업을 진행하지 않고 주야장천 영화만 틀어주었다. 학생들은 교과서 돌리기, 판치기 등 주변에 보이는 소재들로 무료함을 달래기 위한 놀이를 만들어냈다. 열정적인 그룹은 오직 하나, 바로 특성화, 실업계 고교 홍보를 위해 방문한 고등학생 홍보단이었다.

내가 사는 서울 사당동은 고교평준화 지역이어서 가만히만 있어도 집 근처 인문계 고교인 경문고등학교에 배정받아 진학할 수 있었다. 그랬기에 '지원'을 받아야 하는 특성화 고교와 실업계 고교는 홍보에 열을 올리고 있는 것이었다. 무료하게 하루하루를 보내고 있던 나에게 고교 홍보단은 건빵 속 별사탕 같은 존재였다. 게다가 지원을 받는 고등학교의 입시설명회에 참석하겠다고 하면 학교에서도 외출증을 끊어주었다. 놀다 지친 학교를 벗어날 수 있는 기회를 곧바로 잡았다. 그렇게 평범한 일상을 탈출하고자 여러 실업계 학교의 입시설명회를 돌아다녔다.

'인테리어 디자이너, 그래픽 디자이너, 웹툰 작가, 화가, 패션 디자이너, 컬러리스트…….'

중학생이 방문한 실업계 고교는 낯설었다. 학년과 반으로 나눠진 것이 아니라 학과별로 구분이 되어 있었다. 학과마다 졸업 후 선택 가능한 직업들이 빼곡히 적혀 있었다. 그 가운데 마음을 콕 찌르는 직업이 하나 있었다. 바로 화가. 장애를 가지기 전 엄마의 마지막 직업이었던. 그 직업명이 적혀 있는 시각디자인과 부스로 걸어 들어갔다. 학과 선생님이 아닌 시각디자인과 학생으로 보이는 형이 앉아 있었다.

"형, 시각디자인과는 어때요?" 가볍게 물었다.

"시각디자인과는 만화영상과와 함께 미술과 중 하나로 컴퓨터그래픽실을 포함한 전공 실기실을 네 개나 갖추고 있고……." 그 형은 일장연설을 늘어놓았다.

"형은 그럼 여기 왜 갔어요?" 사람에게 초점을 맞추어 물어보았다.

"응, 나는 직업을 빨리 찾아야 해서." 당황한 형이 대답해주었다.

나는 감사 인사를 하고 입시설명회 부스에서 일어났다. 짧았던 만남과 대화는 오래도록 내 안에서 맴돌았다. 중학교 졸업을 앞두고 이제 벌써 고등학교 졸업 후를 고민하게 되었다. 나는 고민이 많은 아이였다. 정확히 표현하자면 속으로 자문자답하며 고심하는 타입이다. 당시 짧은 고민의 답은 이러했다.

'고등학교를 졸업하면 성인이 되겠지.'

고등학교를 졸업하면 대학생이 되거나 취업을 하거나 재수생이 되는 것보다 더 본질적인 문제가 있었다. 바로 성인이 된다는 것. 나에게 성인은 조금 특별했다. 어머니와 행복하게 살 수 있도록 유지되었던 기초생활수급자 지원이 끊기기 때문이다. 열여섯 살 나의 머릿속에는 이미 모든 결론이 나 있었다. 실업계에서 3년간 기술을 배워 성인이 되었을 때, 국가의 지원이 아닌 내 손으로 어머니를 부양하겠다는 결론이었다. 현실적인 고민이지만 어머니를 설득해야 했다.

나 스스로에게 묻는 것보다 더 많은 질문들을 예상하며 집으로 향했다. 엄마의 마지막 직업이었던 '화가'의 꿈을 아들이 대신 이뤄주겠다는 식의 나름 그럴듯한 논리도 준비했다. 엄마 앞에서 실업계 진학 계획을 담담하게 이야기했다. 엄마는 예상과 달리 흡족한 표정을 지으셨다. 엄마와 나는 음성 언어로 대화하지 않기 때문에 서로의 말이 이해되기 전에 얼굴의 근육과 눈빛으로 서로의 기분을 파악할 수 있다. 엄마의 긍정적인 눈빛 속에 격려의 말이 뒤따랐다.

"네가 이제 앞을 생각하는 구나."

앞을 생각한다? 미래를 생각한다는 얘기다. 나는 항상 엄마에게 그날그날 학교에서 있었던 일이나 친구들과 지냈던 이야기를 전하는 게 고작이었다. 그러니까 엄마는, 지금까지 살아온 시간보다 앞으로 살아갈 날이 훨씬 더 많은 아들이 이처럼 미래에 대한 이야기를 하길 바랐었나 보다. 그렇게 해서 나는 실업계 고교에 진학하였다.

해외봉사단

2013년, 대학교 2학년에 접어들었을 때다. 동기들은 각기 다른 길을 걷게 될 것임을 깨닫고 하나둘씩 준비해나가기 시작했다. 남자 동기들은 군대를 가고, 여자 동기들은 어학연수를 떠나거나 교환학생 준비를 하였다. 늘 함께하던 사람들이 차츰 눈앞에서 사라지고 각자의 계획을 실행으로 바꾸어나갈 때쯤 나도 뒤늦게 깨달았다. 그리고 나만의 삶을 이어나갈 방법을 찾기 위해 인터넷부터 뒤지기 시작했다. 취업 커뮤니티부터 대학생들의 젊은 패기를 요구하는 인턴과 대외활동들에 대한 정보가 실려 있는 페이지까지 샅샅이 뒤졌다. 그러던 중 매력적인 대상을 찾아내었다.

'S증권 대학생 해외봉사단'

내가 주목한 것은 '해외'였다. 아무런 계획이 없던 여름방학에 무언가를 할 수 있다는 것 자체도 큰 위안이 되었으나, 무려 해외에서 그 시간을 보낸다면 꽤나 근사한 계획이 될 듯했다. 그 계획을 실현할 수 있게끔 해줄 합리적 문구 하나가 날 강하게 이끌었다.

'항공료 포함 전액 지원'

무일푼이었던 나에게 황금보다 귀한 기회였다. 단지 공짜라는 이유만으로, 내게 있어서 이건 형용할 수 없이 소중한 기회였다. 심지어 19명은 일반 대학생으로 1명은 사진특기자로 선발할 예정이라고 했다. 실업계 고등학교 시각디자인과 출신인 나에게 정원 외로 뽑히는 기회를 주는 것만 같았다. 우주가 나서서 돕는 듯한 이 기회를 놓칠 수 없었다.

어느새 나는 두 어깨에 카메라 장비를 잔뜩 메고 네팔 행 비행기에 몸을 싣고 있었다. 네팔 카트만두 공항에 도착하고서 한 시간 남짓 달려 카트만두 외곽에 있는 한 학교로 향했다. 봉사대원들은 학교에서 위생 및 다양한 체험놀이를 해줄 교육팀, 공연과 놀이를 준비하는 문화팀, 칙칙한 신축 건물을 아름답게 꾸며줄 노력팀으로 나뉘었다. 나의 역할은 대원들의 봉사활동 모습을 촬영하는 것이었다.

봉사대원들이 학교에 들어섰을 때, 네팔 학교의 선생님들과 학생들이 큰 환대를 해주었다. 그중에서도 나의 인기는 다른 대원들과 확연히 달랐다. 내 인생 처음으로 찾아온 외모 전성기인 줄만 알았다. 그런데 주변을 둘러싼 아이들의 눈을 자세히 들여다보니 그 시선의 방향은 내 어깨에 매달린 카메라로 향해 있었다. 말 한마디 통하지 않았지만 아이들이 카메라에 호기심을 가지고 있다는 사실은 단박에 알 수 있었다.

나는 주변에 모인 아이들 사진을 찍어주었다. 아이들은 세상 그 무엇보다 즐겁고 밝은 얼굴로 앵글에 담겼다. 그런데 카메라 밖, 내 주변을 조금 벗어난 곳에도 아이들이 드문드문 서 있었다. 말하지 않아도 그 아이들의 시선 또한 읽을 수 있었다. 조금은 소극적이어서 다가오지는 못하고 있지만 내 주위에 몰려든 아이들과 마찬가지로 카메라가 궁금했던 것이다.

봉사대원들은 짧게 환대 시간을 가진 뒤 각자의 봉사 영역으로 뛰어들었다. 교실마다 돌아가며 미술교육과 위생교육을 하기도 하고, 시커먼 벽을 형형색색의 페인트로 칠하기도 했다. 나는 각기 다른 활동을 하는 봉사대원들을 쫓아다니며 열정적인 그들의 모습을 카메라에 담았다. 봉사 기간은 일주일 남짓 되었지만 이틀 만에 새로울 것 없는 사진들이 나오기 시작했다. 시간이 지나면 지날수록 다른 대원들과는 다르게 나의 일은 줄어만 갔다. 봉사를 하러 온 곳에서 담당 업무에 무게감이 줄어드니 공허감이 밀려왔다. 그러다 문득 며칠 전 멀리서 차마 내게 다가오지 못하고 머뭇거리던 아이가 생각났다. 여유로운 시간 속에서 그 정신없던 환영식 가운데 짧게 스쳐 지나간 아이의 시선을 다시금 떠올려보니 내가 해줄 수 있는 일들이 분명해졌다.

'카메라에 호기심을 가지고 내 주변으로 몰려들었던 아이들,

멀리서 차마 다가오지 못하고 있던 아이들, 그리고 내가 생각조차 못하고 있는 아이들 모두에게 카메라를 사용해 소중한 기억을 줄 수는 없을까?'

나는 곧바로 국제구호단체 간사님을 모시고 교장선생님을 찾아갔다. 그리고 통역을 통해 교장선생님에게 물었다.

"교장선생님, 혹시 학교에 휴교령을 내려줄 수 있나요?"

"휴교는 왜요?"

"아이들한테 사진을 선물하고 싶어서요! 휴교를 하면 아이들이 오지 않을 테니 학교는 오지만 수업은 없는 비밀휴교령이요!"

낯선 이들의 갑작스런 부탁임에도 교장선생님은 흔쾌히 들어주셨다. 그렇게 아이들을 위한 네팔 사진관을 꾸리기 시작했다.

비밀휴교령이 내려지던 날 아침, 학교 주변의 집들을 돌며 화분을 빌렸다. 칙칙한 시멘트 벽 앞을 조금이나마 다채롭게 꾸미고자 했다. 한쪽 벽은 모래와 먼지를 털고 깔끔하게 닦아냈다. 아이들의 개인 사진을 촬영할 배경이었다. 대략의 준비를 끝마치고서 몇몇 봉사대원들의 도움을 받아가며 촬영 봉사가 시작되었다. 어느새 사진을 찍는다는 소문이 퍼졌는지 교실 창문마다 아이들이 머리를 빼꼼 내밀며 쳐다보았다. 사진을 찍으러 오는 아이들은 갑자기 촬영하는 게 머쓱했는지 옷 끝자락을 잡고 몸을 배배 꼬기도 했다.

화분으로 둘러싸인 단상 위에서 먼저 단체사진을 찍은 다음 한 명씩 내려오도록 하며 개인 사진을 촬영했다. 어린아이들은 처음 찍어보는 사진이 영 낯설기만 한지 눈도 깜빡거리고 자리에 가만히 앉아 있질 못했다. 옷깃이 뒤집힌 아이들은 옷깃을 바르게 펴주었고, 부끄럼이 많은 아이 앞에서는 "러마일로(행복해)!"를 외치고 우스꽝스러운 춤을 추며 긴장을 풀어주었다. 그렇게 600명이 넘는 아이들의 촬영을 모두 마쳤다.

아이들의 개인 사진은 학교에 단 한 대 있는 교장실 컴퓨터로 전송해주었다. 봉사대원을 이끌었던 간사님과 S증권 직원 형님들은 갑작스러운 아이디어였음에도 추가 비용을 들여 사진을 인화해주었다. 내 생애 최초 해외봉사단 활동은 이렇게 해피엔딩으로 끝이 났다.

2년 후, 뉴스 화면에 뜬 빨간 헤드라인 타이틀. 사진을 찍어주며 봉사활동을 했던 네팔 카트만두 인근에 진도 7의 대지진이 일어났다는 소식이었다. 가슴이 철렁 내려앉았다. 곧이어 네팔 해외봉사를 함께 떠났던 이들의 걱정 어린 메시지들이 오갔다. 그럼에도 우리가 할 수 있는 일은 없었다. 국제구호단체를 통한 소액의 기부를 하거나, 각자의 종교를 통한 기도가 고작이었다. 후속기사들을 지켜보고 있는 중에 SNS를 통해 메시지가 왔다. 다름 아닌 교장선생님이었다.

바산트 카트리Basant Khatri 교장선생님은 처참하게 무너진 건물 외벽 사진 한 장을 보내왔다. 낯익은 곳이었다. 다행히 건물 한쪽만 무너졌다. 그러나 나를 포함한 봉사대원들이 궁금했던 건 아이들 소식이었다. 그 마음을 아셨는지 교장선생님은 아이들 안부부터 전해주었다. 다행히 아이들은 전부 무사했다. 교장선생님은 뜬금없이 나에게 고맙다고 인사를 건넸다. 아무것도 해준 게 없는데…… 알고 보니 내가 찍어준 사진들이 아이들의 생사 여부를 조사할 때 큰 도움이 되었다는 것이다. 그때 봉사에 대한 생각들이 새롭게 정리되기 시작했다.

네팔에 지진이 났을 때 필요할 걸 미리 알고 사진을 찍어준 것도 아니고, 네팔에서 사진 봉사를 할 줄 알고 사진을 배웠던 것도 물론 아니다. 단지 엄마가 시력을 잃기 전 살아온 '화가'로서의 삶을 내가 대신 지켜나가기 위해 실기 평가 없이도 입학할 수 있는 실업계 고교의 시각디자인학과에 진학했다. 실업계 고교였기 때문에 다양한 디자인 소스들을 직접 만들어야 했고 그 과정에서 사진을 배웠다. 여기까지만 해도 네팔과의 인연은 전혀 없었다. 살아가면서 그저 내게도 잘하는 것이 하나쯤 생겼을 뿐이었다. 하지만 내가 잘하는 것을 활용하여, 그것이 반드시 필요한 사람에게 아무런 대가 없이 도움을 전해줄 수 있었다.

봉사를 통해 깨달았다. 나에게 평범한 일이 다른 사람에겐 소중한 무엇이 될 수 있다는 것, 주변에 베푼 작은 마음이 누군가에겐 큰 도움의 열매가 될 수 있다는 것을.

설리번 팀

장애인과 비장애인의 거리를 잇는 커뮤니케이터

II

01

넌 생각해, 난 만들게

누구에게나 완두콩은 있다

한 나라의 국왕 부부는 그들의 아들인 왕자를 진실한 공주와 결혼시키고 싶어 한다. 많은 공주 후보를 만나봤지만 별로 탐탁지 않아 한다. 그러던 어느 날, 비바람을 뚫고 온 한 여인이 공주라 자칭하며 하룻밤 묵고 가길 청한다. 국왕 부부는 이 공주가 진실한 공주인지 알기 위해서 두껍게 쌓은 이불들 아래에 작은 완두콩 하나를 넣어놓는다. 그러곤 아침이 되었다. 국왕 부부는 기대에 한껏 부풀었지만 내색하지 않은 채 물었다. "어제 잠은 잘 잤나요?" 공주는 피곤이 가득한 얼굴로 "잠자리가 불편해서 힘들었어요." 그제야 국왕 부부는 뛸 듯이 기뻐했다고 한다. 공주는 완두콩 때문에 잠자리가 불편했던 것이다.

극히 짧은 이 안데르센의 동화에는 몇 안 되는 등장인물이 나오지만 가장 큰 역할을 하는 것이 완두콩이다. 완두콩은 공주의 지난밤을 꾸준히 괴롭혔다. 비록 공주의 생사를 나눌 정도의 괴롭힘은 아니었지만 분명한 사실은 공주가 불편했다는 것이다. 누구에게나 이런 완두콩은 있다. 나에게 있어서 완두콩은 '벙어리'라는 단어였다. 사실 장애를 비하하는 모든 단어들이 나에겐 완두콩이다. 어머니가 청각장애를 지니고 있기에 '귀머거리', '벙어리' 모두가 나에겐 불편함으로 다가왔다. 성인이 되고 지성인이 되어가면서 비속어, 은어를 사용하는 사람들은 점차 사라져갔지만 그럼에도 '벙어리'라는 단어는 썩어 없어지지 않고 끝내 싹을 틔워 올라왔다. 그것도 매번 겨울마다.

날이 춥다. 겨울이면 사람들은 목에 털을 두르고 장갑도 낀다. 겨울이 오면 어김없이 나타나는 풍경이 있다. 길거리 좌판 위로 놓인 박스 뒷면에 매직으로 한 번에 끼적인 글씨, '벙어리 장갑 만원'.

불편한 완두콩을 또 만났다. 다시 만날 줄 뻔히 알고는 있었지만. 공기가 차가워지면 살갗이 곤두서는 것처럼 벙어리장갑을 마주할 두려움에 신경이 곤두선다. 알레르기 때문에 땅콩을 바라보는 것만으로도 두드러기가 나는 사람처럼 미리 예민해진다. 벙어리장갑은 길거리에만 있지 않다. 각양각색의 고급 브랜드들이 밀집한 백화점에서도 의류 매장마다 고유한 벙어리장갑들을 내놓는다.

겨울이면 나는 발길 둘 곳이 없다. 검지부터 새끼손가락까지 붙어 있는 장갑을 볼 때마다 내 머릿속에도 '벙어리장갑'이라는 단어가 바로 떠오른다. 그러곤 이내 불쾌해진다. 따지고 보면 그 장갑은 아무 잘못이 없다. 한겨울 추위에 갈라지거나 트지 않을까 손을 보호해주고 있으니 말이다. 어린아이에게 끼워진 그 장갑은 아이들의 귀여움을 한껏 끌어올려준다. 어떤 장갑은 행여 짝을 잃어버리기라도 할까 기다란 실로 서로를 붙잡고 있기도 하다. 그러한 존재를 탓할 수 없다는 명백한 사실은 그것에 대해 반감을 품고 있는 나 자신을 부끄럽게 만들 정도다. 하지만 내 마음속 증오의 범인은 바로 그 존재의 이름이다.

귀여운 고래과자 모양의 장갑이 어째서 장애인을 비하하는 단어를 품었나 궁금하여 지식의 창에 물었다. 명확한 정설은 없고 온갖 추정만 쏟아져 나온다. '말 못하는 벙어리(언어장애인을 비하하는 말)처럼 답답해서 그런 거 아닐까요?' 본인도 확언할 수 없기에 물음표를 했겠지만, 이 글을 쓴 사람을 한 번 더 원망했다. '꽃봉오리같이 볼록한 모양이네요.' 이 글을 쓴 사람은 꽃을 좋아하거나 시를 좋아하거나 아니면 둘 다를 사랑하는 사람이 분명하다. 이 외에도 '산봉우리를 닮았어요. '버버거리다'에서 변한 것 같네요.' 등 다양한 목소리가 흘러나왔다.

하지만 그 어느 것도 나의 불편한 고통을 긁어주지 못했다. 그래서 두 단어를 떨어뜨려보았다. '벙어리'와 '장갑'. 다시 한 번 사전을 찾았다.

장갑, '손을 보호하거나 추위를 막거나 장식하기 위하여 손에 끼는 물건. 천, 가죽, 털실 따위로 만든다'라고 나와 있다. 이 단어는 결백하기에 먼저 걸러낸다. 문제는 '벙어리'에 온전히 존재한다.

벙어리, '언어 장애인을 낮잡아 이르는 말'이라고 친절히 단어장에 나온다. 그 친절한 설명에 적잖이 당황스러웠다. 당황스러움 뒤에는 궁금증이 따랐다. 그럼 '벙어리장갑'이라고 검색하면 어떻게 나올까.

벙어리장갑, '엄지손가락만 따로 가르고 나머지 네 손가락은

함께 끼게 되어 있는 장갑.'

나를 두 번 당황시켰다. 뜻이 있지만 뜻이 아니다. 벙어리는 한자도 아니어서 2차 풀이로도 접근할 수 없으며 '벙어리장갑'은 벙어리와 장갑이 꼭 붙어 뜻에서도 떨어질 생각을 하지 않는다. 두 단어가 왜 붙었는지 그리고 그 단어들이 어떻게 사람들 사이에서 살아 숨 쉬게 되었는지 이유를 나는 끝내 찾을 수 없었다.

넌 생각해, 난 만들게

나는 경희대학교에서 언론정보학을 전공했다. 어떠한 호기심에서인지는 모르겠지만 언론정보학과에는 타학과 학생들이 참 많았다. 굳이 다른 단과대를 찾아가서 생뚱맞은 수업을 청강하지 않아도 우리 학과 수업에서 특별한 친구들을 만날 수 있었다. 그중 톡톡 튀는 매력을 지닌 학생 하나가 눈에 띄었다. 그 친구는 의상학과이지만 언론정보학을 부전공으로 선택하여 듣고 있다고 했다. 경희대학교 홍보대사인 '희랑'으로 활동하고 있다고도 했다. 학교 홍보대사는 대부분 외모가 출중한 학생들이 하는 거라고 생각했었는데 조금 의아했다. 여러모로 아이러니한데다 무언가 신비함에 끌려 그 친구를 좋아하게 되었다.

늘 더 좋은 일을 하고 싶어 하는 언론정보학도와 톡톡 튀는 의상학도의 만남은 생각보다 훌륭한 조합이었다. 학교 캠퍼스 곳곳에 비치되어 있는 벤치에 앉아서 평상시 서로가 고민하던 문제들을 주고받았다. 전혀 다른 분야여서 그런지 대화의 모든 것이 새로웠다. 의상학도 친구는 같은 과 선배들이나 동기들이 자기만의 브랜드를 만들거나 액세서리를 만들어서 파는 게 신기하고 부럽기도 하다고 고백했다. 내 입장에서는 전혀 공감할 수 없는 부분이었다. 나는 몇 년 전 다녀온 인도네시아에서 겪은 일을 이야기했다. 짧은 구간을 왔다 갔다 하며 우산을 씌워주고 돈을 받고 사는 아동노동의 행태에 대해서였다. 그렇게 전혀 다른 분야를 얘기하던 사이 생각이 맞닿는 부분을 발견하게 되었다.

당시 3학년이었던 그 친구는 겨울철 목도리나 벙어리장갑 정도는 만들 수 있을 것 같다고 말했다. '벙어리장갑'이라는 단어를 듣는 순간 예민한 상처에 돋은 딱지를 건드리는 것만 같았다. 하지만 의상학을 전공하는 그 친구가 왠지 깊은 상처에 새살을 돋게 해줄 것만 같았다. 아직 어린 학생 같던 모습은 어느새 사라지고 그 친구는 공감한다는 듯한 표정으로 미간에 주름을 드리운 채 차분히 내 이야기를 듣고 나서 나의 지난 삶을 먼저 어루만져주었다.

친구는 벙어리장갑이라는 단어에 내가 왜 그렇게나 민감했는지 이해하고 그 마음을 헤아려주었다. 공감 속에서 우리는 새로운 크리에이티브를 생각해냈다. 바로 벙어리장갑에 새로운 이름을 지어주는 것.

평생토록 불편함을 지녀왔지만 그 불편함을 개선하겠다는 노력은 지금까지 없었다. '공주와 완두콩'의 이야기에서 공주도 완두콩의 존재를 알았더라면 완두콩을 제거했을 것이다. 친구는 나로 하여금 불편함을 그대로 방치하지 않고 해결할 수 있는 첫 단계를 밟게 했다. 그것은 바로 문제의 인식이었다.

문제의 '발견'과 '인식'은 다르다. 내가 벙어리장갑이 불편하다고 느꼈던 것은 문제의 발견에 가깝다. 하지만 그 친구에게 불편함을 고백한 순간 벙어리장갑이라는 단어는 해결 방법을 찾아야 하는 문제의 '인식'으로 변해 있었다. 그 차이에는 친구의 '공감'이 존재했다. 청각장애, 언어장애와 전혀 상관없는 사람으로부터 공감을 받는 순간 '벙어리장갑의 불편함이 나만의 것이 아닐 수 있겠다'라는 생각이 들었다.

해결 방법

문제 인식의 다음 단계는 해결 방법을 찾는 것이다. 엄밀히 말하면 해결 방법보다 해결하려는 '시도'라고 하는 것이 더 맞는 표현이다. 친구와 나는 벙어리장갑 대신 새로이 멋진 이름을 지어주는 것은 물론 그에 걸맞은 장갑도 직접 제작해보자고 결심했다. 우리는 길거리에서 파는 저렴한 장갑 한 켤레를 구매했다. 판매하는 아주머니도 어김없이 벙어리장갑이라며 건네주었다. 우리에게 있어서만큼은 '마지막 벙어리장갑'이라는 마음을 가지고 구매했다. 그러곤 카페 귀퉁이에 앉아 그 마지막 벙어리장갑을 바라보며 새로운 이름을 짓기 위해 머리를 맞댔다. 반려견, 반려묘의 이름을 지어주는 것보다 훨씬 어려웠다.

"그냥 북한말처럼 짜개장갑이라고 할까?"

"아니, 모든 장갑이 실로 짜는 느낌은 아니야."

"그러면 털장갑 어때?"

"뭔가 털보아저씨 같은 느낌이야."

"그럼 하트장갑은? "

"무슨 뜻을 가진?"

"뜻은 없어! 그냥 엄지손가락이 작은 하트, 다른 부분이 큰 하트 같아서."

그때 작은 하트가 눈에 들어왔다. 바로 엄지손가락. 나는 약간 들뜨기까지 하며 생각에 빠져들어선 그런 상태로 친구에게 일장연설을 늘어놓았다. 가끔은 상상 속에 빠져든 채로 말하면 꽤나 얘기가 잘 되는 느낌을 받는다.

"손가락이 우리가 사는 사회라고 한번 생각해보자. 작고 뚱뚱한 사람이 있는가 하면 홀쭉이같이 마른 사람들도 있지. 똑같은 손가락이 없듯이 우리는 하나의 사회(손바닥)에 사는 개인(손가락)이라는 거야. 그런데 이 장갑을 봐. 엄지손가락만 따로 떨어져 있잖아. 나머지 손가락들은 모두 함께 있는데. 우리는 이런 사람들을 위해 고민하고 있는 거라고! 그래서 다수가 아닌 따로 떨어져 있는 소수, 그러니까 엄지를 위한 장갑을 만드는 거야. 그래서 이름은 '엄지장갑!' 어때?"

그렇게 엄지장갑 프로젝트는 시작되었다.

02

선배에게 빌리고 후배에게 갚아라

설리번

친구와의 아이디어 회의는 충분히 즐겁고 발전적이었다. 하지만 큰 리스크가 따랐다. 그 친구와의 관계에 먹구름이 끼면 함께 고민하던 일들은 우선순위에서 멀어져버린다는 점이었다. 엄지장갑 프로젝트가 잠시 휴식기에 들어가게 된 결정적인 이유는 친구의 취업이 한몫했다. 밤이고 낮이고 붙어 다니며 엄지장갑 프로젝트에 대해 함께 고민하던 친구가 낮이면 회사에 있고 밤이면 휴식을 취해야 했다. 그렇게 엄지장갑 프로젝트는 약간의 숙성기간을 가지게 되었다.

어느덧 대학 4학년 2학기. 나도 이른바 취업준비생의 시기를 맞았다. 아직 재학생의 신분임에도 불구하고 졸업과 동시에 취업하고자 하는 학생들이 때 이른 입사 원서를 쓰고 있었다. 그 물살에 휩쓸려 나도 몇 개의 원서를 쓸 준비를 하였다. 그러나 이내 마음을 고쳐먹었다. 좋아하지 않는 일은 하고 싶지 않아서였다. 중학교에 다닐 때부터 고등학교를 준비하고, 또 고등학교에 다닐 때는 모든 목표가 대학으로 초점이 맞춰지는 우리나라의 교육 방식에 오래전부터 나는 불만을 품어왔다. 게다가 대학을 마치기도 전에 취직을 위한 준비라니…….

이 일련의 과정이 우리 사회에 암묵적인 규칙이 되어 있고, 행여나 엇나가거나 뒤처지면 패배자로 치부해버리는 시선이 싫었다. 대학의 끝자락에서 기업들이 원하는 인재상에 나를 거짓의 가위로 오래내어 맞추는 일만은 하고 싶지 않았다. 어린이집부터 시작한 교육의 역사가 초등학교, 중학교, 고등학교, 재수를 거쳐 대학교까지 어언 20년이었다. 대학원 진학을 하지 않는 이상 수학의 마지막 시기였던 만큼 그간의 교육에서 해결하지 못한 문제를 나만의 방식으로 결실을 맺고 싶었다. 다시 엄지장갑 프로젝트를 시작해보기로 결심한 것이다.

썩 내키지는 않았으나 취업을 위한 원서도 쓰고 엄지장갑 프로젝트도 다시 시작할 수 있었던 이유는 4학년 2학기에 두 과목의 수업만 들으면 되었기 때문이다. 그마저도 수요일 오전과 오후로 몰아 일주일에 단 하루만 학교에 나가면 되었다. 수요일 오전으로 배정된 '학업 콘텐츠 설계' 교양수업을 들었다. 교양수업이기 때문에 타학과 학생부터 유학생까지 다양한 학생들이 있었다. 과목명만 봐도 짐작이 가듯 이 수업에 4학년은 몇 없었다. '학업 콘텐츠 설계는 1학년이나 듣겠지' 라고 속으로 되뇌며 강의실 구석자리로 향했다. 구석으로 가자 나와 같은 생각을 하고 있다는 듯한 표정의 반가운 얼굴이 있었다. 가현이었다.

가현이는 경희대학교 언론정보학과 12학번 동기로 재수한 나에게 꼬박꼬박 오빠라고 불렀다. 입학을 하고 새터(새내기 배움터)에서 같은 조로 배정되어 알고 지낸 지 5년 가까이 된 친구다. 5년이나 지났지만 가현이의 밝은 미소는 조금도 변하지 않았다. 오히려 미소가 더 무르익어 보였다. 낯선 수업에서 어색함을 무마해줄 수 있는 친구를 만난다는 것은 큰 행운이라고 생각했다. 서로 몇 마디 주고받는 가운데 가현이가 문득, 당연하지만 낯설게 느껴지는 질문을 했다.

"오빠 뭐하고 지내?"

'네 눈앞에 있는 그대로야.' 하는 말이 혀끝까지 나오다가 앙다문 입술에 막혀 도로 들어갔다. 그러고는 얼마 전 다짐한 엄지장갑 프로젝트의 계획을 내뱉었다. 사실 계획이랄 것도 없었다. 그냥 지난날의 불편함을 고백하고 친구와 함께 프로젝트를 준비하고 있다고 얘기했을 뿐이다. 가현이는 냉큼 자기도 함께 하겠다고 했다. 놀란 마음에 내가 말한 내용들을 되짚어보았다. 거짓은 없었지만 그렇다고 무언가 멋들어지게 이루어놓은 것 하나 없었다. 확실치 않은 3개월의 계획만이 있을 뿐이었다.

정신을 가다듬고 대답을 기다리고 있는 가현이를 보았다. 그제야 깨달았다. 가현이는 새로운 일을 안정적으로 해나가는 사람이었다. 무슨 일이건 새로움을 좇아 적극적인 태도로 임하는 가현이는 세계 3대 광고제 중 하나인 클리오 국제광고제에서 학생부문 상을 받은 경험도 있다. 사실 수상경력보다 가현이를 더 높이 사는 것은 글솜씨다. 가현이는 광고기획자인 AE(Account Executive)를 꿈꾸는 학생이지만, 난 항상 가현이가 카피라이터 직업이 훨씬 더 잘 어울린다고 생각해왔다. 가현이의 인스타그램에서 보게 되는 글들은 향기 나는 펜으로 쓴 것만 같았기 때문이다. 그렇게 엄지장갑 프로젝트에 새 친구가 생겼다.

가현이와 함께 듣는 수업이 끝나고 오후 수업으로 향했다. 다음은 전공 수업이어서 아는 얼굴들이 꽤나 많이 보였다. 그중에서도 내가 제일 좋아하는 힘찬이가 있었다. 당장 힘찬이 옆으로 가서 농담 섞인 말로 첫 인사를 건넸다. “군대 갔다 오더니 계속 앞자리만 앉네?” 힘찬이는 가현이와 마찬가지로 같은 학과 동기다. 광고학회까지 함께할 정도로 우리는 공통점이 많다. 힘찬이는 처음 광고학회에서 자기소개를 하며 만났을 때부터 좋아하게 된 동생이었다. 낮술을 마시고 반쯤 취했다 고백하며 축 처진 얼굴을 한 채로 ‘박힘찬’이라고 이름을 밝히는 모습이 우습고도 정겨웠다. 힘찬이는 재밌는 아이였다.

오랜만에 힘찬이에게 반가운 인사를 하고 옆자리에 앉았다. 그런데 또 한 가지 재밌는 것은, 분명히 군대 입대 전 녀석의 학점은 2~3점에서 왔다 갔다 했는데 군대 전역 후 복학한 지난 학기에는 4.5학점을 받은 것이다. 경희대학교의 만점 학점이 4.3인 걸 감안할 때 힘찬이는 모든 과목에서 A⁺를 받아 4.3학점을 받고도 모자라, 토익 950점 이상을 받은 학생에게 0.2평점을 추가로 부과하는 학교 행정 지원까지 더해 4.5학점을 받은 것이다. 그 학기만큼은 경희대학교의 모든 학생들 중 가장 높은 학점을 받은 것이 분명했다. 그런 힘찬이에게 엄지장갑 프로젝트에 대한 의견을 물어보고 싶었다. 수업이 끝나고 지하철로 향하는 길에 엄지장갑 프로젝트를 설명했다. 힘찬이는 단 한 차례도 입을 열지 않았던 것 같다. 오직 나만 이야기했다. 힘찬이와 행선지가 갈라지는 지하철역 출구에서야 나의 열띤 스피치는 끝났다. 그러곤 힘찬이도 입을 열었다.

"형, 나도 하면 되는 거지?"

그렇게 커뮤니케이션을 전공하는 가현이와 힘찬이가 합류하고 의상학 전공이지만 커뮤니케이션을 부전공했던 친구까지 포함해 엄지장갑 프로젝트 멤버는 네 명이 되었다. 인원이 늘어나니 조직의 이름도 필요했다. 수업이나 공모전을 위한 팀이 아니고 자발적으로 시작한 모임이기에 더더욱 그랬다. 여러 후보군이 있었지만 단연코 '설리번'이 마음을 끌었다. 설리번은 시각, 청각장애를 가진 헬렌 켈러 곁에서 48년을 함께한 동반자의 이름이다. 물론 직업적으로는 헬렌 켈러의 선생님이었지만 함께한 그 세월을 볼 때 동반자라는 표현이 더욱 적합할 듯하다. 헬렌 켈러의 장애는 나의 엄마가 가진 장애와 같다. 우리는 헬렌 켈러 같은, 나의 엄마 같은 사람들을 위한 '인식 개선 팀'으로 활동할 계획이었다. 그래서 '설리번'으로 팀 이름을 정했다.

팀 이름을 정했을 때 우리의 전공에 대한 이야기도 나왔다. '시각, 청각장애는 의사소통을 하는 데 불편함이 있기에 커뮤니

ⓒstorybank

케이션 장애이지 않을까?' 라는 의견이었다. TV를 볼 때도 시청자라고 표현하듯이 은연중 일상에서는 커뮤니케이션을 위해 시각과 청각을 복합적으로 활용하는 경우가 많다. 우리는 언론과 미디어를 공부하는 커뮤니케이션 전공자들로서 가장 근원적인 커뮤니케이션 수단인 보고 듣는 것에 집중하고자 했다. 그리고 그 근원적인 커뮤니케이션에 고충을 겪는 이들을 위해 우리가 생각하고 움직이겠다는 사명감을 가졌다. 그렇게 거창하지만 본질을 충실히 담은 '설리번' 팀이 꾸려졌다.

선배에게 빌리고 후배에게 갚아라

새파란 청춘 넷이 모였다. 패기도 넘치고 시간 또한 흘러 넘쳐났다. 사실 이 시대를 살고 있는 대다수의 청년, 청춘이 그렇다. 청춘들에게 주어지는 기회가 지나치게 적다는 소리를 들어왔는데, 20대라는 산맥의 중턱을 넘어가는 설리번 친구들에게도 해당되는 말이었다. 그렇다면 반대로 '청년, 청춘들의 소리는 누가 들어줄까?', '광화문 한가운데에서 소리 지르면 들어줄까?', '벙어리장갑이 아니라 엄지장갑으로 부르자고 하면 같이 따라해주려나?' 하는 의문이 들었다. 그래서 시작은 미약하나마 우리부터 바꿔 부르자고 입을 모았다. 벙어리장갑이 아닌 엄지장갑으로. 벙어리장갑, 한두 명씩이라도 이 말을 쓰지 않다 보면 언젠가는 이런 표현이 사라지리라 믿었기 때문이다.

비록 장갑을 판매하는 행위가 핵심은 아니었지만 '엄지장갑'이라는, 세상에 존재하지 않는 이 단어를 알리는 매개체로서 장갑을 제작하기로 결심했다. 뜨개실로 하나하나 만드는 것부터 고민했다. 현실적으로 불가능했다. 그래서 실과 장갑을 파는 곳들을 뒤져가며 엄지장갑을 만들 수 있는 장소를 찾아다녔다. 인터넷 카페 커뮤니티를 뒤적거리고 남대문시장을 돌아다녔다. 늦은 밤, 동대문 새벽시장에서 커다란 봉지들에 치이며 두리번

거리기도 하였다. 바쁜 일상 가운데 끼어든 어리숙한 학생들의 물음에 대답을 해주는 사람도 쉬이 찾을 수 없었다. 그렇게 몇 주 동안 A4용지에 출력한 엄지장갑 도면을 가지고 돌아다녔다.

설리번 친구들이 번갈아가며 장갑을 만들어줄 거래처를 찾던 중 천사를 만난 건 나와 힘찬이가 함께한 날이었다. 여느 때처럼 평화시장의 문을 두드렸지만 시장의 이름과는 다르게 평화로운 순간을 마주치진 못했다. 낙담한 채 커다란 시장 건물을 나서는데 반대편에 '신평화시장'이 보엿다. 옅게 실소가 새어나왔다. '평화시장에서 찾지 못한 거래처가 신평화시장에는 있을까?'라는 생각으로 힘찬이와 함께 새로운 평화를 찾기 위해 커다란 상가에 진입했다. 몇 주 동안 고생한 만큼 나름의 노하우가 있었다. 그것은 다름 아닌 상가의 경비아저씨를 찾는 것.

힘찬이와 나는 상가 중간에 위치한 매점에서 비타민 음료수를 사가지고 상가 입구에 계시는 경비아저씨를 찾아갔다. 그러곤 너스레를 떨며 장갑을 취급하는 업체를 여쭈었다. 아니나 다를까 몇몇 업체를 소개해주시더니 직접 나서서 업체까지 안내해주셨다. 경비아저씨는 건물 안이 아닌 밖으로 나가 청계천을 마주하고 있는 한 우산 가게, 양말 집을 소개해주셨다. 힘찬이와 내가 방금 전에 지나쳐온 곳이었다.

자동문을 열고 들어가니 해리포터 지팡이 상점처럼 벽장 가득히 장갑들이 쌓여 있었다. 패딩 주머니에 손을 넣은 채 몸을 한껏 웅크리고 있던 사장님이 기지개를 펴듯 일어났다. 수줍게 내민 도면을 보시더니, 이런 장갑은 왜 만드느냐고 물으셨다. 지난 며칠 동안 만났던 사장님들은 하나같이 얼마까지 알아봤냐고 묻거나, 수량을 듣고는 귀찮다는 듯이 다른 곳을 찾아보라는 거절의 표현뿐이었는데 장갑 제작의 이유를 물어주시다니…… 힘찬이와 나는 서로를 마주보며 꽤나 놀란 듯 얼어붙었다. 그렇게 좁은 가게에서 세 사람은 나란히 한 줄로 선 채 30분 동안 대화를 주고받았다.

벙어리장갑에 대한 문제점을 설명하자 사장님은 우리가 원하는 장갑은 봉제선이 없는 대중적인 홀가먼트 제작 방식이 아니고 인타샤라는, 무늬를 넣는 직조 방식의 기계를 통해야만 제작이 가능하다고 알려주셨다. 그런 공장은 우리나라에 몇 개 되지 않는데, 그렇기에 인터넷으로 백날 알아봐도 찾을 수 없다는 것이었다. 이리하여 마침내 이방인에게 낯설고도 차디찬 동대문 도매시장에서 엄지장갑을 만들어줄 '대진상사'를 만나게 되었다.

대진상사는 아버지 사장님과 아들 사장님이 계신다. 24시간

가까이 돌아가는 가게는 아버지와 아들이 번갈아가면서 나온다. 대부분의 업무는 아들 사장님이 하지만 아버지 사장님의 고견은 대진상사의 원동력이다. 대진상사의 연락처를 묻자 평상시 손을 뻗지 않을 것 같은 구석에서 빳빳한 명함을 꺼내준다. 명함에는 아버지 사장님의 성함인 '최인관'이 선명히 적혀 있다. 아들 사장님은 아버지 성함이 적힌 자리에 자신의 이름인 '최재우'를 적으며 건네준다. 우리들끼리 아들 사장님이라고 부르지만 40대를 훌쩍 넘긴 분이시다. 설리번 친구들 입장에서 볼 때 할아버지 사장님과 아버지 사장님이라고 하는 게 맞을 듯하다. 두 분은 바쁜 와중에 엄지장갑을 제작해줄 공장뿐만 아니라 엄지장갑 위에 수놓을 수어 패치 공장까지 알아봐주셨다.

상상을 현실로 만들어준 두 부자 사장님을 이렇게나 자세히 적는 이유는 그분들이 '엄지장갑'의 첫 구매자였기 때문이다. 그동안 다양한 장갑을 만들어 팔면서 벙어리장갑이라고 불러왔는데, 이제는 그러지 않겠다면서 만나는 거래처마다 엄지장갑을 알리는 전도사가 되겠다고 하셨다. 그 약속은 반드시 지켜질 거란 믿음이 단번에 느껴졌다. 아들 사장님은 우리가 의뢰한 엄지장갑들과 함께 흰 봉투를 건네셨다. 설리번 친구들과 함께 식사나 하라는 말씀이었지만 그 안에 담긴 깊은 속마음은 이루 다 헤

아릴 수 없었다.

한쪽은 절대 받을 수 없다 하고 또 다른 한쪽은 한사코 봉투를 쥐여주려 하고, 그렇게 한동안 실랑이가 벌어지던 중 아들 사장님이 뜻밖의 고백을 하셨다. 지난날 야학을 하던 시절 자신도 도움을 받았다며 그 마음을 이제는 우리가 맡아두길 바란다고…… 자신이 받은 것을 오래도록 간직하고 있다가 새로운 청춘들에게 물려주는 것뿐이라고, 설리번 친구들도 언젠가 응원하고픈 후배들을 만나면 이 마음을 갚아주기 바란다고 덧붙이셨다. 그렇게 세상은 흘러가는 거라시며…… 복잡한 동대문 신평화시장 대진상사 앞 청계천은 지금도 흐르고 있다.

엄지장갑 프로젝트의 변화

카카오 스토리펀딩을 통해 2016년 11월 30일부터 두 달 동안 300만원 모금을 목표로 펀딩이 시작되었다. 장갑을 만드는데 필요한 돈을 넉넉하게 산정한 금액이었는데, 열 시간도 채 되지 않아 목표한 펀딩 금액을 훌쩍 뛰어넘었다. 그렇게 24시간 만에 목표 금액의 3배가 넘는 1,000만원이 모였다. 이는 단순히 통장 잔고로만 표시되는 그런 의미의 돈이 아니었다. 겉으로 드러나지 않음으로 인해 몰랐던 청각언어장애인을 향한 무의식적 차별에 대한 반성이었고, 삶의 관성에서 벗어나 조금 더 나은 삶을 살고자 하는 사람들의 능동적 표현이었다. 소셜미디어 '공유하기'를 눌러준 사람들은 스토리펀딩에서만 1,247명이었다. 로그인하는 번거로움에도 불구하고 설리번을 향해 격려의 목소리를 보태준 사람들도 1,046명이나 되었다. 결과적으로 후원에 참여해주신 분들은 전체 1,043명이었으며 이로써 애당초 목표한 금액을 844% 초과 달성한 25,320,000원을 모았다.

성공적으로 결실을 맺은 이 공동의 목표 이외에도 설리번 구성원 네 사람은 각기 마음속에 조금씩 다른 뜻을 품고 있었다. 장갑을 디자인한 친구는 자신이 디자인한 패션 제품이 새로운 이름으로 불리며 올바른 방향을 향해가고 있음에 크게 만족한다고 했다. 힘찬이는 스토리펀딩 연재 인터뷰를 통해 청각언어장애인의 문화를 알게 되었다며 지금까지 무지했던 자신에 대해 깊이 반성한다고 했다. 가현이는 광고 공모전에 수차례 지원하며 세상을 변화시킬 수 있는 아이디어를 제안해왔는데, 아이디어만으로 그치지 않고 실제 활동에 참여할 수 있게 되어 감사했다고…… 친구들과 방향이 조금 다르기는 하지만 나 역시 뜻한 바가 있었다.

'저도 농아인 아버지의 귀한 딸이었습니다. 감사합니다. 제 입으로 차마 부르지 못했던 장갑의 이름을 부르게 해주셔서…… '엄지장갑' 너무 예쁘네요^^' 이러한 댓글들을 마주하면서 나의 개인적인 목표는 이미 이루어진 셈이었다. 나와 같은 코다CODA(Children Of Deaf Adult의 약어로 청각언어장애인 부모를 둔 건청인 자녀들을 일컫는 말)들에게, 그들과 똑같이 '벙어리장갑'이라는 단어에 아파하고 고민하는 사람이 있다는 것, 나아가 그 말을 바꾸려는 사람이 있다는 것을 알려주고 싶었다.

코다들은 음성 언어로 대화하는 세상에서 불편함을 느끼지 못하지만, 청각언어장애인의 불편함에 대해서는 누구보다 공감하는 사람들이다. 그러했기에 1,000개가 넘는 댓글과 메시지들 가운데서 나를 더 많이 울게 한 건 코다들의 메시지였다. '입에 담지 못했던 단어를 사용할 수 있게 되어 감사해요.', '시어머니가 청각언어장애인이신데, 아들에게 벙어리장갑을 사주고 단어를 설명하다 멈칫했는데 다시 알려줘야겠어요.' 이런 글들에 나는 한밤중 오래도록 눈물을 흘리기도 했다.

개인 SNS를 통해서도 많은 연락이 왔다. 'SNS에는 글을 쓰고 사진을 올리기 때문에 SNS 친구들은 제가 청각장애인인 줄 몰라요. 그런데 종건 씨에게는 제가 장애를 가지고 있다고 고백하고 싶어요. 아무튼 고마워요.' 이와 같은 갑작스러운 메시지에 간혹 당황스러울 때도 있었지만 그 마음만은 십분 이해했다. 예상치 못한 사람으로부터 진심 어린 공감과 위로를 받으면 마음이 녹아내리기 때문이다. 그렇게 엄지장갑 프로젝트를 진행하면서 코다, 청각언어장애인들과 함께 나 역시 수차례 마음이 녹아내렸다.

03

더 많은 가치

엄지장갑 프로젝트가 진행되면서 설리번은 많은 고민을 했다. '어떻게 하면 더 많은 가치를 담을 수 있을까?', '어떻게 하면 우리가 세상을 더 좋게 바꿀 수 있을까?'라는 본질에 가까운 질문을 끊임없이 던졌다. 그 고민들 가운데 몇 가지는 큰 결실을 보기도 했으며, 알아주었으면 했지만 묻히고 만 것들도 많았다. 그래서 이렇게라도 알리고 싶었다.

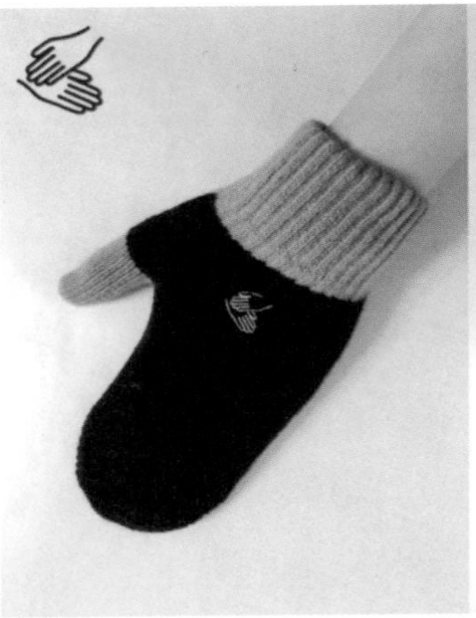

감사합니다 ⓒ설리번

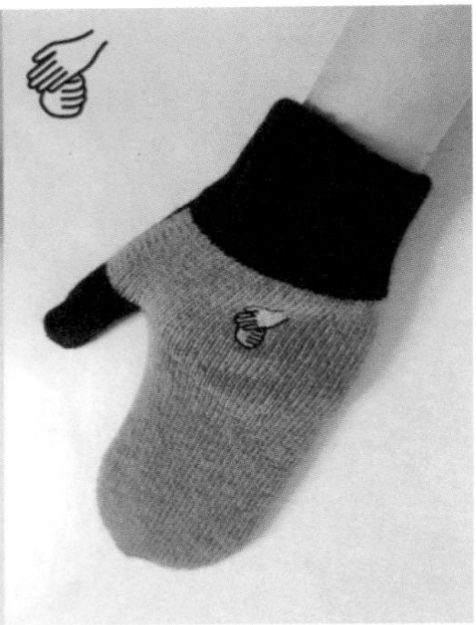

사랑합니다 ⓒ설리번

엄지장갑 손등 로고

엄지장갑 손등에는 앙증맞은 로고가 있다. 설리번의 로고라고 생각하는 사람들도 있을 수 있겠지만, 그건 바로 수화다. 그 뜻은 ‘감사합니다’와 사랑합니다’로, 손목 부분이 위를 향하도록 보면 올바른 수화 모양이 된다. 장갑 위에 패치를 붙인 것이 아니라 수십 군데 양말 공장을 찾아다니며 사정해서 새겨 넣은 자수다. 다른 나라의 언어를 배울 때 인사말과 더불어 ‘고맙습니다'와 '사랑합니다'를 배우는 것처럼, 수화를 모르는 사람들에게 간단한 수화를 알려주고 싶었다.

엄지장갑 손바닥

엄지장갑이라는 이름에 걸맞게 엄지장갑의 손등은 엄지 부분의 색상이 다르다. 그러나 뒤집어 손바닥을 보면 다소 낯선 사선이 들어가 있다. 제작 과정에서의 고충을 얘기하자면, 사실이 사선을 고집했기 때문에 장갑 공장을 찾는 데 애를 먹었다. 제작에 더 많은 비용이 들어간 것도 바로 이 사선 때문이다. 그냥 장갑을 끼고 있을 때 사선은 아무런 의미가 없다. 하지만 귀 옆에 손을 가져다 대고 귀를 기울이는 듯한 제스처를 취할 때, 그 의미는 살아난다.

'귀를 기울이다'는 '관심을 가지다'라는 표현의 관용구다. 청각언어장애인들이 겪는 불편함을 기울어진 사선이라 생각했고, 엄지장갑이라는 표현에 관심 갖고 귀 기울여 수평적인 커뮤니케이션을 만들자는 의미를 담았다.

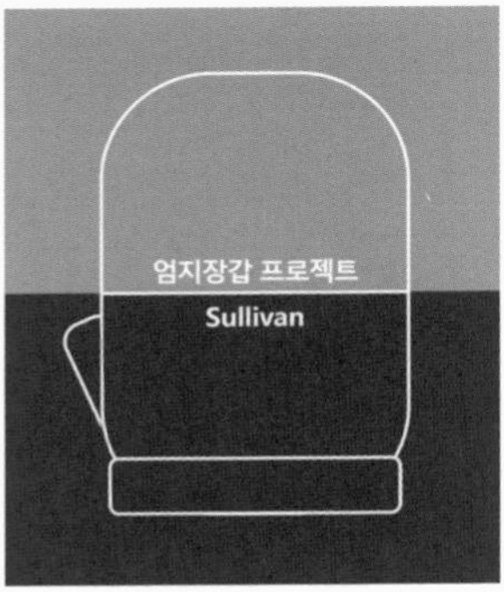
엄지장갑 프로젝트
Sullivan

세상의 약자들에게는
우리가 생각지 못한
많은 오르막길이
있습니다
사람들은
오르막길을 불편해하는
그들을 위해
기울어짐을 줄여왔습니다

경사가 사라진
수평의 길에서
사람들은 모두
공평할 수 있었습니다
그러나 우리는
세상에 존재하던
또 다른 오르막길을
발견했습니다

오르막길에는
리와 비슷한 겉모습의
각장애인들이
었습니다
그들은
이전 약자들과 다르게
불편함이 겉으로 드러나지 않아
더욱 소외되어 있었습니다
우리는 여전히 소외된 채
오르막길을 오르는 그들을 위해
일상 속 잘못 자리잡은
기울어진 시선부터 없애기로 했습니다

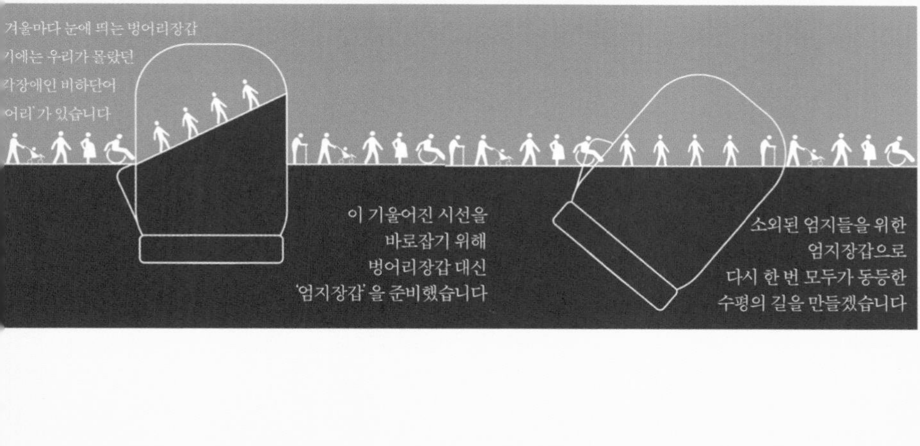
겨울마다 눈에 띄는 벙어리장갑
기에는 우리가 몰랐던
각장애인 비하단어
어리' 가 있습니다
이 기울어진 시선을
바로잡기 위해
벙어리장갑 대신
'엄지장갑' 을 준비했습니다
소외된 엄지들을 위한
엄지장갑으로
다시 한 번 모두가 동등한
수평의 길을 만들겠습니다

tvN 〈뇌색시대 - 문제적 남자〉 출연 당시

수평적인 커뮤니케이션을 위해 소외되었던 엄지들에게 귀 기울이다

소액 후원 및 배송

엄지장갑 프로젝트를 소개한 스토리펀딩에서는 25,000원 이상 후원 시 엄지장갑 한 켤레, 50,000원 이상 후원 시 엄지장갑 두 켤레를 리워드로 제공했다. 그 밖에 5,000원 혹은 10,000원을 후원하는 분들에게도 감사를 표하고 싶었다.

그래서 우리와 마찬가지로 청각언어장애인 문제에 공감하고 관련 활동을 하고 있는 예비사회적기업 '열린책장'에서 만든 '수어이모티콘'을 제공했다. 작고 귀여운 수어이모티콘은 카카오톡 이모티콘으로도 사용할 수 있는데 벌써 세 번째 시리즈까지 나왔다.

후원에 참여해주신 분들에게 엄지장갑을 리워드로 보내드려야 할 때가 찾아왔다. 설리번은 작은 일을 결정할 때에도 신중하게 고민하고 더 나은 가치를 만들고자 했다. 그래서 엄지장갑 배송을 저렴한 대형 택배사가 아닌 노숙인 재활기업 '두손컴퍼니'에 맡겼다. 비록 금액적인 부분에서 이점이 있는 것은 아니었지만 더 나은 가치를 만들기에는 충분했다.

1일 1수화

엄지장갑 프로젝트를 시작하면서 '1일 1수화'라는 페이스북 페이지를 함께 운영하기 시작했다. 수어를 모르는 설리번 친구들은 청각언어장애인을 위한 활동을 하며 수어에 많은 관심을 갖게 되었다. 내가 때때로 자잘한 수어 단어를 하나씩 알려주긴 했지만 정작 나 자신도 수어를 제대로 잘 몰랐다. 엄마와 대화할 때는 굳이 수어가 필요 없었기에(어렸을 때는 엄마의 시력이 수어를 보기조차 힘든 상태였다) 나 또한 수어에 대한 지식이 별로 없었다. 그래서 하루에 하나씩 수어를 공부하겠다는 마음으로 '1일 1수화'라는 페이지를 운영했다.

여기서 '수어'와 '수화'를 혼용하여 사용하고 있음을 지적하는 사람도 있을지 모르겠다. 수화와 수어에 대한 논쟁은 끊임없이 있어왔고 농인 사회와 언어법에서는 '수어'가 옳은 표현이라고 인정했다. 하지만 수어와 상관없는 일상을 살고 있는 사람들은 여전히 '수화'로 알고 있다. 수어를 잘 아는 청각언어장애인 대상이 아니라 수어에 관한 일반 사람들의 관심을 높이기 위한 목적으로 페이스북 페이지를 운영할 계획이었기에 이름은 '1일 1수화'라고 지었다. '수어'라는 말 자체를 모르는 사람에게 낯선 단어로 접근하는 것이 아니라 '수화'라고 하는 익숙한 단어로 다가가는 것이 본질에 더 가깝다고 여겼기 때문이다.

그런데 하루도 빠지지 않고 매일 동영상 하나를 촬영하고 편집해서 올린다는 게 여간 어려운 일이 아니었다. 평일이건 주말이건 공휴일이건 상관없이 매일 꾸준히 달려오다 현재는 '1일 1수화' 페이지가 잠시 쉬고 있는 상태다. 그러나 곧 시즌2로 시작할 예정이다. 그때는 '1일 1수어'가 될 것이다.

04

새로운 친구들

엄지장갑 프로젝트를 끝내고 봄이 왔다. 엄지장갑들은 이제 하나둘 겨울잠에 들어갔다. 변화를 위해서는 아직 한참 갈 길이 먼 벙어리장갑들도 차츰 눈에서 사라지기 시작했다. 엄지장갑의 실현에 따라 설리번에도 변화가 찾아왔다. 엄지장갑 프로젝트 이후 가장 큰 결실이 아닐까 생각한다. 엄지장갑 프로젝트가 끝난 이후에도 설리번의 정기 모임은 계속되었고, 모임에 세 명의 친구들이 더 합류해 우리와 뜻을 함께하기로 했다.

가장 먼저 합류하게 된 친구는 주현이다. 엄지장갑에 관한 이야기가 세상에 처음 알려졌을 때, 우리 프로젝트에 자신의 재능을 기부하고 싶다며 메일로 연락을 해왔다. 사실 주현이는 영상 하나만 만들어주려고 한 거였지만 설리번 멤버들이 주현이를 오래도록 붙잡고 지금까지 놔주고 있지 않다.

주현이는 엄청난 재능을 가지고 있다. 디자인도 물론 훌륭하지만 일단 일이 주어지면 그 일을 빨리 처리하기보다는 그 일의 결과가 불편함을 초래하지는 않을지, 더 나은 다른 방법은 없을지 끊임없이 고민한다. 이화여대 영상디자인과 학생이지만 UX, UI 디자이너가 더욱 잘 어울리는 친구다.

다음으로 합류한 친구는 개발자인 재철이다. 재철이는 지인의 소개로 추천받아 함께하게 되었는데, 설리번의 두 번째 프로젝트를 위해 합류했다. 재철이는 설리번에서 가장 중요한 막내 역할을 맡고 있다. 나이는 비록 어리지만 나처럼 군대를 면제받아 또래보다 고민한 시간이 많다고 했다. 설리번에 합류하고서 3개월 정도 지났을 무렵 재철이는 자신이 겪은 소중한 경험을 설리번 친구들에게 공유해주었다.

재철이는 편찮으신 아버지를 위해 간을 이식해드렸다고 한다. 그것도 가장 고민이 많은 시기였을 고등학교 3학년, 수능을 앞두고 수술대에 올랐다고…… 재철이의 덤덤한 고백은 그가 개발자로서 아무런 이득도 없는 설리번에 어떤 이유로 쉬이 함께하게 되었는지 그 사연을 담고 있었다. 재철이는 지금도 막내이지만, 설리번에서 가장 형 같은 존재로 활약하고 있다.

마지막으로 창우 형이 합류했다. 재철이의 소개로 합류하게 된 창우 형도 재철이와 마찬가지로 개발자이다. 재철이와 함께 개발 관련 교외 프로그램을 이수하던 중 만났다고 한다. 창우 형과 재철이의 케미는 두 번째 프로젝트에 대한 기대감을 한껏 높여주었다. 창우 형은 졸업도 채 하지 않은 상태로 스타트업 몇 군데에서 커리어를 쌓아 국내 최대 포털 사이트인 N사의 개발자가 되었다. 개발자로서의 성공을 꿈꾸고 있지만, 재학 중 다양한 장학금을 받아왔기에 지금의 실력을 쌓을 수 있었다는 창우 형은 설리번 활동을 하며 자신의 재능으로 세상을 더 따뜻하게 만들고 싶다고 했다.

엄지장갑 프로젝트

아직도 벙어리장갑이라 부르세요?

III

01

11년 전 이 소년을 기억하시나요?

엄지장갑 프로젝트에 담긴 이야기

엄지장갑 프로젝트는 간단히 설명하자면 벙어리장갑을 엄지장갑으로 바꿔 부르는 것을 목표로 하는 캠페인이다. 잘못된 단어가 품은 대상은 언어장애인뿐이었지만 이를 사용하는 사람들은 한국어를 말하는 모든 사람들이었다. 우리 프로젝트의 타깃은 한국어를 사용하는 모든 사람들이었다. 한국어를 사용하는 집단은 적지 않다. 어쩌면 우리나라에 살고 있는 국민보다 많을지도 모른다. 설리번 팀으로 모인 우리는 엄지장갑이 지닌 이야기를 필두로 청각언어장애인에 대해 모르고 있던 몇 가지 이야기를 더 알려주고 싶었다. 그리고 엄지장갑을 직접 디자인하고 제작하여 뜻이 아로새겨진 장갑을 세상에 나눠주고 싶었다. 제작에 필요한 돈을 후원받기 위해 크라우드펀딩 플랫폼을 활용하였고 이 장에서는 그때 소개했던 글을 옮겨보고자 한다.

11년 전 이 소년을 기억하시나요?

여동생은 태어나자마자 심장에 구멍이 발견되어 경제적, 의학적 이유로 스웨덴으로 입양 보내졌고 이듬해, 집안의 가장이었던 아버지는 간경화로 세상을 떠났다. 그렇게 하여 볼 수도 들을 수도 없는, 마치 헬렌 켈러 같은 어머니와 어린 소년만이 남았다. 이 소년과 중복장애를 가진 어머니의 이야기는 2005년 1월, 한 지상파 방송을 통해 세상에 알려지게 되었다.

안타까운 사연의 주인공이었던 종건 군이 바로 이 글을 쓰고 있는 나다. 커뮤니케이션(시각, 청각) 장애를 가진 어머니 밑에서 자랐지만 아이러니하게도 커뮤니케이션을 전공하는 대학생이 되었고 이제 벌써 대학교 졸업반, 남들은 취업 준비로 바쁜 시기에 나는 자기소개서가 아닌 특별한 이야기를 적고자 한다. 어머니가 눈을 뜨고 처음으로 나에게 말했던 그 첫 마디를 지키기 위해서.

"우리도 더 좋은 일을 하는 사람이 되자."

오랜 세월 동안 나는 기초생활수급자, 한부모자녀가정, 장애인가정 등 여러 방면에서 수혜자로 많은 도움을 받으며 자라왔다. 물론 아직까지도 수혜자이지만 어머니와 나는 '여유'라는 이름의 행복을 안고 살아가고 있다. 어머니는 여전히 폐지와 공병 줍는 일을 하신다. 하지만 이제는 더 이상 나의 진학 비용을 구하기 위해서가 아닌, 우리보다 더 어려운 사람들에게 도움을 주기 위해 살고 계신다. 비록 어머니가 버는 돈의 액수는 11년 전과 크게 다를 바 없지만, 감사한 마음을 담아 꾸준히 기부하고 계신다.

아직까지 학생 신분인 나는 소득 활동보다는 학업과 봉사를 함께함으로써 '더 좋은 일을 하는 사람'이 되고자 노력하고 있다. 장기기증 등록, 50여 회의 헌혈, 국내외 봉사활동, 저소득 청소년을 위한 강연활동 등 일상에서 내가 할 수 있는 봉사로 어려움에 처한 사람들을 돕고 있다.

©MBC

대학생으로 맞이하는 마지막 겨울, 지금까지와 조금은 다른 '좋은 일'을 하고자 결심했다. 그것은 어머니에게 남겨진 또 하나의 장애, 바로 '청각장애'에 대한 인식을 개선하는 일이었다. 그들도 헬렌 켈러가 될 수 있음을 증명해 보이고 싶었다. 곁에 설리번이 있다면…….

100년 전에 설리번이 헬렌 켈러를 키웠다면, 우리 모자 가정은 헬렌 켈러가 설리번을 키운 셈이다. 그래서 나는 친구들과 함께 '설리번'이라는 '커뮤니케이션 장애 인식 개선을 위한 팀'을 만들었다. 헬렌 켈러 옆에서 48년간 눈과 귀가 되어준 설리번처럼 장애인과 비장애인의 거리를 잇는 커뮤니케이터가 되고자 하는 것이 우리의 공동 목표였다.

설리번의 첫 프로젝트는 겉으로 불편함이 티 나지 않아 더 소외된 청각장애인들을 위한 '엄지장갑 프로젝트'였다. 우리가 일상적으로 사용하는 '벙어리장갑'이라는 말에는 '벙어리'라는 장애인 비하 표현이 들어가 있다. 이처럼 무심코 사용하던 '벙어리장갑'을 '엄지장갑'으로 바꾸어 부르자는 데 이 프로젝트의 의의가 있었다. 먼저 이름을 바꾸고 나아가 청각장애인들에 대한 따뜻한 사회적 관심이 기울여지도록 하는 데 중점을 두었다.

ⓒ설리번

소외된 청각장애인들을 위해, 소외된 엄지들을 위해

엄지장갑은 그 이름만큼이나 모양도 예쁘장하다. 소외된 '엄지'들에게 많은 사람들의 따뜻한 관심이 기울여지도록 엄지만 다른 컬러로 포인트를 주었다. 손등 위의 작은 수화 패치는 두 가지 종류로, '사랑합니다'와 '고맙습니다'의 의미를 담고 있다.

엄지장갑을 뒤집어보면 사선으로 기울어진 선이 눈에 띄는데, 비장애인들이 평탄한 길을 걷는다면 청각장애인들은 기울어진 오르막길을 걷는다고 생각해서 사선을 만들었다. 소외된 채 오르막길을 오르는 청각장애인들에게 귀 기울여 수평적인 세상을 만들자는 뜻이 담겨 있다.

소외된 엄지들에게 귀 기울여 사회적으로 따뜻한 관심을 기울이게 하고 싶다. 설리번과 함께 더 많은 사람들이 귀 기울여준다면 청각장애인들이 더 따뜻한 겨울을 보낼 수 있지 않을까? 매년 겨울마다 차별적 발언으로 상처받았던 청각장애인들이 함께 밝은 미소로 세상을 바라볼 수 있도록 앞으로도 끊임없이 '엄지장갑 프로젝트'에 동참해주기 바란다.

02

다시 만난 사람들,
그리고 기억해준 사람들

11년 만의 특별한 만남

세상을 바꾸고 싶었다고 말한다면 조금 거창할까? 절대 그렇지 않다는 걸 깨달았다. 나와 함께 벙어리장갑이 아닌 엄지장갑으로 불러주는 사람들을 만나면서 세상이 조금씩 바뀌고 있음을 느낀다. 물론 '엄지장갑'이라는 명칭이 아직 익숙하지 않을 테지만, 그 이름을 불러주는 한 사람 한 사람의 낯설지만 신경 쓴 한 마디가 세상을 따뜻하게 만들어가고 있다.

사실 생각보다 많은 분들이 나를 기억해주셔서 놀랐다. 11년

ⓒMBC

전 어머니와 내가 출연한 방송을 인상 깊게 보고 그때 그 소년이 지금은 어떻게 자라 있을지 근황을 궁금해하셨던 많은 분들이 '잘 자랐다'며 나를 자식처럼 대견하게 바라봐주셔서 조금 쑥스럽기도 했다. 그 가운데서도 특별히 더 나의 근황을 궁금해하던 또 다른 사람들이 있었다. 바로 11년 전 우리를 도와준 god 형들이다. 형들과 11년 만에 만남을 가졌고, 그 만남의 순간은 2016년 12월 2일 〈MBC와 좋은 친구들〉에서 방영되었다.

god 형들은 어머니와 나에게 매우 감사한 기억으로 남아 있는 분들이다. 〈눈을 떠요〉 당시 어머니께서 각막 수술을 받을 때 일주일간 혼자 외로이 보낼 나를 위해 god 형들과 김제동 형님

이 집까지 오셔서 떡볶이도 해주며 함께 시간을 보내주었다. 각막 수술 후 어머니에게 있어서 가장 큰 변화 중 하나는 TV를 볼 수 있었다는 점인데, 눈을 뜨자마자 나와 함께 만나볼 수 있었던 god 형들이 TV에 나오자 마냥 신기해하셨다.

이렇듯 고마운 분들의 격려에 힘입어 그때의 어린 소년은 감사를 실천할 줄 아는 청년으로 자라 어느덧 사회에 첫발을 내디딜 준비를 하고 있다.

여러분의 말 한마디가 세상을 바꿉니다

반가운 만남은 또 있었다. 바로 스토리펀딩을 하면서 공감의 댓글을 써주신 분들이다. '벙어리장갑'이라는 표현으로 암암리에 장애인들에게 상처주고 있었음을 깨달았다며 정말 많은 분들이 앞으로는 꼭 '엄지장갑'으로 부르겠다고 약속해주었다.

그 덕분으로 세상이 더 따뜻해졌다. 많은 분들이 청각장애 문제에 공감하고 응원해주셔서 진심으로 감사했다. 감사의 마음을 담아 댓글 하나하나에 답글을 달고 싶었으나 하루 30개 제한이 있었기에, 대신 여기에 많은 분들이 궁금해하는 질문들의 답을 적어보았다.

우선 엄지장갑의 사이즈는 프리사이즈로, 제작하는 실에 10%의 스판성 소재가 첨가되어 누구든지 사용 가능하다. 현재 색상은 세 가지가 있다.

혹시 스마트 터치 기능이 지원되는지에 대한 질문도 있었다. 엄지장갑을 만들 때 고려했던 사항이지만 공장으로부터 듣기를, 스마트 터치 기능의 실은 별도로 제작되는 데다 어두운 색상으로만 제작된다는 것이었다. 엄지가 돋보이는 디자인을 해야 했던 이유로 이 기능은 제거하기로 했다. 물론 좋은 기능을 추가해서 편의성을 높일 수도 있었지만 우리의 제1목표가 '엄지장

ⓒ설리번

갑'으로 바꾸어 부르자는 데 있었기에 내린 결정이었다.

벙어리장갑이 아닌 엄지장갑으로 불러주는 것, 그 한마디만으로도 세상을 바꿀 수 있다.

03

청각장애인이 강연을 한다고?

"창업에 장애는 중요하지 않아요"

창업은 어렵다. 아이템 선정부터 거래처 확보, 고객 응대, 마케팅, 세무 회계 등 무엇 하나 쉬운 것이 없다. 장애를 가지고 있지 않은 사람들에게도 어렵고 힘든데, 듣지 못하고 말하지 못하는 농아인들에겐 얼마나 어려울까.

2016년 11월 19일 토요일, 강남 이베이에듀 교육센터에서 농인들을 위한 창업 강연이 열렸다. 온라인 창업에 뜻이 있는 많은 농인들이 참여했는데, 교육생들만 농인이었던 것은 아니다.

ⓒ이베이코리아

이날 강사로 나선 고광채 위트라이프 대표 역시 농인이었다.

청각장애인이 강연을 한다고? 말할 수도, 들을 수도 없는 사람이 강의를 한다고? 하는 의문이 생길 수 있겠지만 고광채 대표는 2008년 옥션 장애인 창업교육 프로그램 '나의 왼발' 교육생 출신으로, 8년이 지난 지금은 다른 사람을 가르쳐도 될 만큼 오픈마켓 분야의 전문가가 되었다. 청각장애를 가졌음에도 사업에 뛰어들어 성공한 고광채 대표님을 강의 전에 만나봤다.

내가 서투른 수화 실력으로 간단한 자기소개를 하자 대표님은 진심으로 기뻐하며 엄지까지 들어 올려주셨다. 동행하신 수화통역사님의 도움을 받아 인터뷰를 진행할 수 있었다.

Q. 대표님은 모자, 옷 등 다양한 분야에 도전을 하셨는데 창업에 뛰어든 계기와 계속된 실패에도 불구하고 사업을 고집한 이유가 있으신가요?

A. 다니던 회사를 그만두고 여행하던 중 우연히 '나의 왼발'이라는 장애인 창업교육 프로그램 신청자 모집을 보고 내 인생의 기회라 생각해 지원하게 되었습니다. 이것이 제 인생을 바꾼 전환점이 되어 온라인 창업에 뛰어들었죠. 사업 초기에는 모자, 옷 등 의류 판매를 7개월 정도 했었는데 결과가 좋지 않았어요. 7개월 사업을 해보면 결과는 뻔하다고 다들 충고했습니다. 그렇지만 저는 잘 안 되더라도 최소한 1년은 해보자고 스스로 굳게 다짐했어요. 1년만 해보자는 생각에 포기하지 않고 여러 아이템을 시도하여 여기까지 온 것 같습니다.

Q. 전화응대라든가 이 밖에 농인이라서 겪는 사업의 어려움에는 어떤 것이 있고, 또 대표님은 그 어려움을 어떻게 극복하셨나요?

A. 농인의 입장에서 거래처를 만들고 고객을 응대하는 사업을 한다는 것은 굉장히 어렵습니다. 저도 사업을 시작할 때 다른 분들께 조언을 구했지만 농인은 사업하기 어렵다는 말만 들었을 뿐 이렇다 할 조언을 얻지 못했습니다. 누구의 도움도 받지 않고 혼자서 고객과 어떻게 소통해야 될지 고민을 많이 해야 했죠. 그래서 저는 물건 발송 직후 먼저 고객에게 '저는 청각장애인입니다. 불편하신 점이 있을 경우 전화 대신 문자를 주시면 빠르게 처리하겠습니다.'라고 문자를 보냈습니다. 먼저 문자를 보내지 않았다면 문의하는 고객들도 얼마 없었을 텐데 고객들이 답장을 하면서 문의가 급증했어요. 상품은 언제 도착하느냐, 청각장애인이 어떻게 사업을 하느냐 등등 다양했죠. 일일이 문자 보내고 다시 답장하는 것도 쉽지 않았으나 고객이 먼저라는 마음으로 이겨낼 수 있었습니다. 농인은 고집이 있어요. 모두가 안 된다고 할 때 저는 된다고 끝까지 고집을 부렸습니다.

Q. 그렇다면 반대로 사업에 있어 농인만의 강점이 있을까요?

A. 농인은 듣지 못하기 때문에 어려서부터 고집이 있어요. 그 고집이 일을 추진하는 데 있어 많은 도움이 됩니다. 처음 거래처를 구할 때 얘길 해볼게요. 제조사는 아무한테나 함부로 물건을 주지 않는데, 저는 통역사까지 데려가 제가 브랜드 가치를 높여드리겠다고 설득했습니다. 저의 강한 고집으로 끈기 있게 일하고, 끝까지 최선을 다해 회사 매출을 올려주겠다고 약속하고 또 약속했습니다. 그렇게 겨우 설득한 거래처와 지금은 10년째 거래 중입니다. 그런데 제가 고집이 없었다면 어땠을까요. '당신은 청각장애인이기 때문에 어렵습니다.'라고 다들 충고했던 것처럼 물건을 줄 수 없다는 말에 쉽게 포기했을 겁니다. 하지만 모두 안 된다고 했을 때 저는 된다고 끝까지 밀어붙였고 그 고집 덕분에 여기까지 올 수 있었죠.

Q. 농인들의 사회 참여를 유도하고 계시는데, 혹시 대표님을 보고 자극을 받아 사업에 뛰어든 농인은 없었나요?

A. 사업을 시작한 이래 몇 차례 강의를 진행하고 있는데요, 그동안 제 강의를 통해 용기를 얻어 창업에 뛰어든 농인들도 꽤 있었습니다. 그러나 사회적으로 농인들을 위한 프로

그램이라든가 제도적 지원이 거의 없어 그들 중 대다수가 포기해야만 했습니다. 일반인들도 사업에 있어 어려움이 무척 많은데 들을 수 없는 농인들은 어떻겠습니까. 물건을 파는 것뿐 아니라 행정, 세무 등 여러 가지를 알아야 하지만 정보접근에 취약한 농인들을 위한 지원이 없습니다. 강의를 통해 동기를 부여해도 사회적 지원이 없어 포기하게 되는 농인들이 많아 안타깝습니다. 농인들이 배울 수 있는 기회가 많아져야 서로 윈윈하는 사회가 만들어집니다.

Q. 그렇다면 농인 사업자들에게 어떤 지원과 교육, 제도적 장치가 필요할까요?

A. 앞서 말했듯이 사업할 땐 정말 많은 지식이 필요한데, 농인도 볼 수 있도록 마련된 수화통역이나 자막이 삽입된 강의가 별로 없어 안타깝습니다. 일반인들은 어떻게 해야 할지 결정을 할 때 교육을 듣고 나서 선택을 내릴 수 있는데 농인들은 선택할 기회조차 없는 셈이죠. 그런 의미에서 오늘 같은 배움의 기회가 더 많아져야 합니다. 장애인과 같은 사회적 약자들에게 지속적으로 관심을 쏟아부어야 바람직한 사회가 만들어진다고 생각합니다.

Q. 마지막으로, 창업을 꿈꾸는 농인들에게 해주고 싶은 말씀이 있다면?

A. 우선 처음부터 '난 농인이야, 난 안 될 거야.'라고 생각하지 말고 시도해보아야 합니다. 그리고 끝까지 포기하지 않는 끈기와 인내를 가졌으면 좋겠어요. 불편하다고 해서 포기하는 게 아니라 계속해서 밀고 나간다면 성장하는 자신을 발견할 수 있을 것입니다. 물론 고생은 하겠죠. 하지만 다음이 있지 않습니까? 몇 년 동안 배가 고플 정도로 힘들고 어렵겠지만 포기하지 않고 견디다 보면 내가 원하는 꿈이 이뤄지는 날이 올 것입니다.

강연 시작 직전까지 성실하게 인터뷰에 응해주신 대표님은 인터뷰가 끝나자마자 서둘러 강의실로 향했다. 그런데 강의실 풍경이 이제껏 봐왔던 다른 강연장들과는 사뭇 달랐다. 대표님의 수화를 바로 육성으로 통역해주는 수화통역사들과, 그 육성을 스크린에 자막화하는 속기사가 눈에 띄었다. 청각장애인들은 모두 수화를 할 줄 안다고 생각하기 쉽지만 사실 수화를 모르는 분들도 꽤 많다. 그런 분들을 위해 강연장에서는 실시간 자막을 지원하고 있었다.

ⓒ설리번

표정과 제스처, 넘치는 액션으로 대표님은 강연이 시작되자마자 입고 있던 재킷을 벗었다. 추운 날씨에도 불구하고 그 열정으로 대표님의 얼굴에는 금세 땀방울이 맺혔다. 말로 하는 것도 힘들, 세 시간이라는 긴 시간 동안 수화로, 그것도 매우 큰 동작으로 강연을 이어갔다. 그러면서도 통역사, 속기사에게 틈틈이 감사합니다, 수고하십니다, 하는 격려의 말 또한 잊지 않았다. 넘치는 에너지가 고스란히 전해져오는 느낌을 받으며 나 역시 뜻 깊은 시간을 보낼 수 있었다.

행복지킴이

고광채 대표님의 명함에는 '대표'라는 직함 대신 '행복지킴이'가 새겨져 있었다. 사업을 하며 만나게 되는 많은 분들의 행복을 지켜드리는 것이 대표님의 목표라고 했다. 과연 '대표'보다는 '행복지킴이'라는 말이 더 어울리는 분이었다.

강연 마지막까지 농인들의 도전 정신과 사회 참여를 역설한 대표님의 말씀으로 이 장을 마무리하고자 한다.

"농인이 창업을 한다고? 미친 짓이라 생각할 수 있습니다. 10년 전 제가 사업자 등록을 하기 위해 세무서에 방문했을 때였어요. 남들이 하는 것처럼 서류를 제출했는데 저를 담당한 직원이 '듣지 못한다고요?' 하면서 굉장히 당혹스러워하는 겁니다. 세월이 흐른 지금도 그날의 일이 각인되어 잊지 못할 정도로 매우 큰 좌절감을 느꼈죠. 그로부터 10년이 지났습니다. 아직도 '농인이 어떻게 사업을 하느냐'는 사회적 편견은 여전합니다. 농인도 할 수 있습니다. 여러분들이 보여주셔야 합니다. 여러분들이 농사회에, 나아가 이 사회에 외쳐야 합니다. '농인도 할 수 있어!'라고 외치고 보여주셔야 합니다. 농인이 창업하는 것은 미친 짓인가요? 아닙니다. 여러분도 할 수 있습니다."

04

'수화'가 아닌 '수어'를 쓰는 사람들

듣지 못해도, 말하지 못해도 가르칠 수 있습니다

세계 주니어 테니스 챔피언십 대표, 한국잡지언론상 편집상 수상, 사회복지학 박사 학위, 그리고 대학 교수. 이 화려한 경력의 주인공은 놀랍게도 청각장애인이다. 귀가 잘 들리는 사람들도 하기 어려운 일들을 해내며 청각장애인들의 롤모델이 된 안영회 교수님을 만나기 위해 서초수화통역센터에 찾아갔다.

안영회 교수님은 나사렛대학교에서 겸임교수로 학생들에게 수화통역을 가르치며 서초수화통역센터 센터장으로 일하고 계시는데, 이처럼 '수화'에 남다른 애정을 가지고 계시지만 교수님이 오래전부터 수화를 알고 있었던 것은 아니다. 교수님은 세 살 때 청력을 잃었으나 스물여덟 살이 되어서야 수화를 처음 접하였고, 그 전까지는 반복 교정을 통해 발음을 익히고 상대방의 입모양을 읽어내는 구화(입으로 말하는 것)로 소통할 수 있었다고 한다.

실제로 교수님은 내가 예상했던 것 이상으로 발음이 정확해 따로 통역하지 않아도 될 정도였다. 그렇다면 구화로 의사소통이 가능하고, 또 그렇게 되기 위해 고된 연습을 거친 교수님이 왜 이토록 수화에 관심을 가지게 된 걸까?

Q. 청각장애를 가진 교수는 흔치 않은데, 교수님만의 수업 진행 방법이 있을 것 같아요.

A. 전 듣지 못해요. 듣는 힘이 부족하기 때문에 보는 것에 치중할 수밖에 없죠. 그러나 학생들의 입모양을 하나하나 눈으로 읽어내기에는 한계가 있어요. 그래서 학생들이 궁금한 게 있을 때는 시간이 걸리더라도 몸짓이나 핸드폰, 메모지를 이용해 질문을 받고 있습니다.

Q. '듣지 못하는 사람이 어떻게 가르치느냐'는 사회적 편견은 없나요?

A. 굉장히 많죠. '내가 청각장애인 중에서 말을 잘하는 편이기 때문에 강의를 하게 된 것이다'라는 것 또한 잘못된 편견이에요. 듣지 못해도, 말하지 못해도 가르칠 수 있습니다. 제가 말을 할 수 있어서 강의를 하는 것이 아니라, 현장에서의 제 경험을 이야기해주며 이론과 접목시킬 때 학생들이 더 쉽게 이해하기 때문에 가르칠 수 있는 것입니다. 요즘은 서강대학교에서 강의를 하고 있는데, 원래는 80명 정원이었다가 학생들 요청으로 200명까지 받고 있는 인기 강의가 됐어요(웃음). 처음에는 호기심으로 그냥 교양과목이겠거니 하고 수업에 들어왔다가 나중에는 자신들이 장애에 대해 잘못된 인식을 가지고 있었음을 깨닫는 학생들이 많아졌죠. 그런 부분을 제가 진솔하게 전달할 수 있기 때문에 교단에 설 수 있는 겁니다.

Q. 교수님은 구화를 능숙하게 할 수 있고, 또 그걸 익히기 위해 노력하셨잖아요. 그럼에도 불구하고 왜 수화 보급에 앞장서고 계시는지 궁금합니다.

A. 구화는 한계가 있어요. 입모양 차이는 조금일지라도 큰 착각을 불러올 수 있습니다. '아빠'와 '아파'처럼 입모양은 같지만 뜻은 전혀 다른 경우가 많아요. '바나나'와 '파자마' 역시 마찬가지죠. 사소한 차이지만 위급한 상황일 땐 생명의 위협으로까지 이어질 수 있는 문제입니다. 입모양만으로 소통하는 것은 매우 위험하고 어려워요. 어렸을 때 선생님의 입을 보기 위해서 항상 맨 앞자리에 앉았는데, 선생님이 옆을 보거나 칠판을 보며 말하는 순간 저는 맥이 끊겨버리는 거예요. 반면 손은 정확해요. 수화는 정확하게 의미가 구분되기 때문에 소통이 훨씬 편합니다. 또한 청각장애인들은 표정이 풍부한데, 수화는 그런 감정까지 담아낼 수 있는 가장 아름다운 언어죠.

Q. 사실 농사회에 있어 '수화'냐 '수어'냐 하는 논쟁이 오랜 화두가 되어왔지만, 비장애인들은 그게 왜 중요한지 이해가 부족한 것 같아요.

A. 손 수手, 이야기 화話. '수화'는 손으로 나누는 대화예요. 반면 '수어'는 하나의 언어로 수화를 바라보는 것이죠. 우리가 영어를 영화로, 일본어를 일본화로 하지 않는 것처럼

이 또한 엄연히 청각장애인들의 고유 언어이기 때문에 '수어'라는 표현이 맞습니다. 우리나라와 일본만이 수화라는 표현을 쓰고 다른 나라들은 대부분 수어라고 쓰고 있습니다. 2015년 한국수화언어법이 제정되면서 제2의 공용어로 인정받게 되었지만, 아직 사회적 인식은 많이 부족한 것 같습니다.

Q. 그렇다면 수어를 더 널리 보급시키기 위해서 어떤 노력이 필요할까요?

A. 수어가 더 확산되기 위해서는 우선 사람들이 자부심부터 가져야 해요. 세종대왕이 만든 한글을 자랑스러워하듯 청각장애인과 비장애인 모두가 한국 수어에 자부심을 가져야 합니다. 나아가 공인들이 더 많이 앞장서서 인식 개선을 이끌어야 해요. 〈우리말 바르게 알기〉처럼 국민들에게 수화를 홍보하고 가르쳐주는 TV 프로그램이 있다면 더욱 좋겠죠.

Q. 수화통역사 수에 비해 수화통역 요청이 더 많을 것 같은데요, 지원 체계에 있어 개선해야 할 점은 없을까요?

A. 조금 과장을 보태면 청각장애인 1,000명당 통역사 한 명 꼴입니다. 공급이 절대적으로 부족한 현실이죠. 수화통역센터를 통해 지원을 요청하고 예약하는 방식인데, 센터에 상주하는 통역사는 단 네 명에 불과한 반면 수화를 요구하는 분들은 몇백 명입니다. 오랜 시간을 기다려야 하기 때문에 위급한 상황이나 화재가 나면 속수무책이죠. 의료기관, 소방서, 경찰서, 관공서 등에 수화통역 시스템이 구축되어야 합니다.

Q. 특히 청각장애인들의 문화적 기회를 늘리기 위해 수화통역사 역할이 중요할 것 같아요.

A. 맞습니다. 그러나 문화예술 분야에서 전문 지식을 갖춘 통역사가 절대적으로 부족해요. 청각장애인들은 시각적 감각이나 재능이 뛰어난 사람들이 많기 때문에 통역 하나만, 소통 하나만 되더라도 문화 발전에 기여할 수 있는 일이 무궁무진하거든요. 따라서 전문 통역사가 필요한데, 지금은 수화통역사들이 전천후로 뛰어다니는 실정입니다. 제가 한국청각장애인예술협회에서도 일하고 있는데, 지속적으로 국가에 전문 통역사 배치를 요청했으나 번번이 거절당

했습니다. 수화통역은 보건복지부, 문화예술은 문화관광부 담당이기 때문에 서로 자기 소관이 아니라며 책임을 떠밀고 있어요. 협회 유지비도 아닌 오직 통역만을 바라는데도 설득시키기가 굉장히 어려워요. 우리 사회 청각장애인들의 문화예술은 소통의 장벽에 갇혀 여전히 제자리걸음입니다.

Q. 더 많은 수화통역사를 양성하기 위해선 어떻게 해야 할까요?

A. 우선 수화통역사를 바라보는 사회적 시선부터 바뀌어야 합니다. 많은 사람들이 수화통역에 대해 생각하기를, 하나의 언어를 통역하는 전문적인 서비스로 보는 것이 아니라 자원봉사 차원으로 보고 있어요. 그런 경험 있지 않나요? (교수님이 옆에 계신 통역사를 향해 물었다.) "저도 통역을 하다 보면 '좋은 일 하시네요'라는 말을 가장 많이 들어요. 그때마다 '아닙니다. 나는 정당한 돈을 받고 서비스업을 하는 사람입니다.'라고 말을 해도 '그래도 좋은 일이죠.' 하는 반응이 대부분입니다. 영어를 통역한다고 해서 좋은 일 한다고 말하는 사람은 없지 않습니까? 비록 언어법이 제정되었지만 수화에 대한 인식이 언어적 위치보다 낮아 그렇게

말하는 것 같아요. 하나의 언어라는 생각을 가지고 인정해 준다면 '좋은 일'이 아니라 '서비스'로 인식이 되겠죠."(임윤철 수어통역사) 통역사와 청각장애인에 대한 기본적인 에티켓도 지켜져야 합니다. 가끔 청각장애인을 앞에 두고 지금 하는 이야기는 수화를 하지 말라는 분들이 있어요. '쟤는 알아들을 필요 없으니 가만히 있어라'는 식이죠. 또 통역사는 입과 귀를 대신해 다리를 놓아주는 역할일 뿐인데, 통역사에게 화풀이하는 경우도 종종 있습니다. 이런 기본적인 처우부터 개선되어야 합니다.

Q. 마지막으로 교수님만의 꿈이 있다면 무엇인가요?

A. 발달장애인 카페에 대해 아시나요? 커피 교육, 서비스 교육을 받은 발달장애인들이 바리스타로 있는 카페인데요, 저는 청각장애인들을 위해서도 이런 자립할 수 있는 공간이 있었으면 좋겠어요. 손재주 있는 청각장애인들이 모여 수제품을 만들고 예쁘게 상품화할 수 있는 예술창작공간이 마련되는 게 꿈입니다. 제가 부자였다면 당장 도움을 줬을 텐데, 저도 한계가 있네요(웃음).

청각도우미견 보노와 함께 ⓒ설리번

인터뷰를 마치고 사진 촬영을 부탁드렸더니 교수님은 오늘 따라 얼굴이 부었다며 부끄러워하시면서도 보노를 데리고 밖으로 나섰다. 청각도우미견 보노는 추워서 나가기 싫다는 듯 버티다가 마지못해 교수님을 따라나섰는데, 그 모습이 마치 오랜 친구 같았다.

ⓒ설리번

여러분도 편견을 갖고 있지는 않나요?

인터뷰를 마치고 나서는 길, 교수님이 춥다고 조심히 들어가라며 배웅을 해주셨다. 그 모습에서도 다시 한 번 깨달았다. 장애인과 비장애인의 거리를 좁히기 위해 다가가는 쪽은 오히려 사회적 약자에 속하는 장애인 측이었다는 것을. 그럼에도 우린 편견을 가지고서 다가오는 그들을 밀어내고 있었던 건 아닐까.

모두가 한 번쯤 마음 깊이 생각해봐야 할 일이다. '들을 수 없는 사람이 어떻게 가르치느냐'는 편견을 가지고 있었던 건 아닌지, 수화통역사를 그저 '좋은 일' 하는 사람으로만 바라보지는 않았는지. 알게 모르게 장애인에 대한 막연한 편견을 가졌던 우리, 그들을 소통의 장벽에 가둬놓은 것은 다름 아닌 우리였음을 깨닫는다.

학생들은 안영회 교수의 강의를 통해 수화를 배웠을 뿐 아니라 장애인에 대해 깊이 공감할 수 있게 되었다고 말했다.

05

"작아도 장애인 도우미견이라고요"

그동안 몰랐던 도우미견에 대한 이야기

주민증 발급받은 개? 지난 12월, 일본 사이타마 현 토코로자와 시에서는 장애인 도우미견 세 마리에게 주민증을 발급해 화제가 되었다. 발급된 주민증에는 개의 이름과 함께 주민이 된 날, 돕고 있는 시민과의 관계가 기재되었는데, 도우미견도 어엿한 사회 구성원으로 인정하는 일본의 인식을 엿볼 수 있었다.

하지만 모두가 도우미견에 호의적인 것은 아니다. 같은 사이타마 현에서는 2014년, 시각장애인 도우미견 '오스카'가 출근길

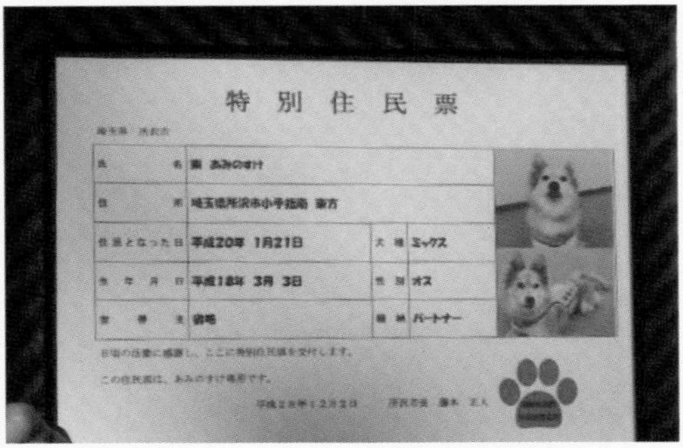

특별주민증

이삭도우미개학교 ⓒ설리번

을 안내하던 중 괴한에게 흉기로 여러 차례 찔린 사건이 있었는데, 주인이 위험에 처한 경우를 제외하면 절대 짖지 않도록 훈련받아 울음소리 한번 내지 않았다고 한다. 중상을 입고도 주인을 직장까지 무사히 안내한 오스카는 다행히 직장동료의 도움으로 생명을 건질 수 있었다.

우리나라는 어떨까? 우리 사회의 장애인과 도우미견에 대한 시선은 한없이 차갑기만 하다. 도우미견과 함께 식당 출입을 하거나, 버스 승차를 하려 할 때 거부되는 경우가 많아 장애인들은 마음속으로 거절당하는 리허설을 해야 한다. 도우미견 출입을 막는 것은 우리로 따지자면 눈을 감아야, 귀를 막아야 들어올 수 있다는 얘기나 다름없다.

장애인들의 눈과 귀, 손과 발이 되어주는 도우미견, 이들은 장애인들에게 한줄기 빛과 같은 존재이다. 그런데 이 소중한 아이들은 어디서 오는 걸까? 바로 도우미견 학교다. 도우미견이 되기 위해서는 개들도 학교를 다녀야 하는데, 국내 도우미견 최다 배출의 역사를 자랑하는, 평택에 위치한 명문(?) 개학교 '이삭도우미개학교'를 찾아가보았다.

이삭도우미개학교는 '한국장애인도우미견협회' 소속으로, 1992년 우리나라 최초로 장애인 도우미견을 훈련시킨 곳이기

팀장님이 부르면 안 들리는 척하면서도 간식 부스럭거리는 소리가 나면
바로 쳐다본다는 하늘이 ⓒ설리번

도 하다. 이형구 협회장님은 도우미견에 대한 어떤 정보도 없던 시절 밤낮으로 연구해가며 훈련법을 터득했고, 지금은 아드님인 이이삭 팀장님과 함께 도우미견 양성에 앞장서고 있다. 두 분은 장애에 대한 더 깊은 이해를 위해 사회복지학을 전공하기도 했다.

이삭도우미개학교에 도착하자 이이삭 팀장님과 함께 '하늘이'가 반갑게 맞이해주었는데, 열아홉 살 하늘이는 지금은 은퇴

했지만, 과거엔 영화에 출연한 적이 있을 정도로 유명한 도우미견이었다. 도우미견이라고 하면 아마 많은 사람들이 시각장애인 안내견부터 떠올릴 텐데, 하늘이는 안내견이 아닌 치료도우미견이다. 치료도우미견은 우울증 등 마음의 장애를 가진 사람들의 심리적 치료와 정서 순화를 돕는 역할을 한다. 환자를 즐겁게 해주기 위해 사회성이 좋을 뿐 아니라 여러 재주들까지 갖춰야 하는데, 하늘이 역시 인사와 죽은 척하기는 기본, 덧셈과 뺄셈까지 할 줄 아는 놀라운 재주를 가졌다.

도우미견은 모두 리트리버인가요?

우리에게 익숙한 도우미견의 이미지는 하늘이 같은 골든 리트리버다. 그러나 리트리버처럼 대형견들만 도우미견이 될 수 있는 것은 아니다. 오히려 아파트 문화가 발달한 우리나라는 대형견보다 소형견들이 늘어나는 추세이다. 세 살 '여름이' 역시 소형견인데, 시각도우미견은 주인이 쥐고 있는 끈을 당겨주면서 보행을 리드해야 하기 때문에 대형견이 많이 활용되지만, 여름이는 힘이 부족하기 때문에 그런 일은 할 수 없다. 그렇다면 과연 이 조그만 아이들은 어떤 도움을 줄 수 있을까?

소리가 발생하면 여름이는 주인을 건드려 소리의 근원지로 안내한다.
ⓒ설리번

이이삭 팀장 "사실 많은 분들이 시각도우미견에 대해서는 잘 알고 있는데요, 청각장애인이나 지체장애인의 경우는 외부에 덜 노출되기 때문에 그들에게도 도우미견이 있다는 걸 잘 모르고 계세요. 그래서 대형견을 많이 떠올리시는데, 청각도우미견은 소형견이 많습니다. 아침에 알람이 울리는데 무거운 대형견이 몸에 올라타 긁어서 깨운다고 생각해보세요. 이럴 땐 오히려 힘이 약한 게 좋죠."

눈망울이 이쁜 여름이도 청각도우미견이었는데, 청각도우미견은 청각장애인들의 귀가 되어 소리를 대신 들어주는 역할을 한다. 소리가 안 날 땐 다른 개들과 다를 바 없어 보이지만 초인종, 세탁기, 아기 울음 등 소리가 발생하면 그 근원지로 주인을 데려가주는 매우 똑똑한 아이다.

사실 나의 어머니 곁에도 청각도우미견이 있다. 바로 소형견 '축복이'다. 몸집은 작아도 큰 힘이 되어주는 아이인데 아직도 청각도우미견이 있는지조차 모르는 사람들이 많다. 때문에 도움을 받아야 하는 상황에 처해 있음에도 그 기회를 놓치는 청각장애인들도 있다고 한다. 청각도우미견에 대한 인식이 하루빨리 확산되어야 하지 않을까.

청각도우미견 축복이.
도우미견에는 대형견 외에
몸집이 작은 아이들도 있다.
ⓒ설리번

지체도우미견도 있다. 지체도우미견은 거동이 불편한 사람들의 손과 발이 되어주어야 하기 때문에 다양한 명령어를 익힌다. 뿐만 아니라 지체장애인이 휠체어에서 떨어지거나 위험에 처했을 때 신음소리에 민감하게 반응하여 짖기도 한다.

이이삭 팀장 "지체도우미견은 여러 심부름을 수행할 수 있어요. 스위치 불을 켜고 끈다든지, 냉장고 문을 열어 물을 꺼낸다거나 서랍을 열어 물건을 가져다주는 등 많은 일들을 할 수 있죠. 이렇게 이야기하면 개가 그런 걸 어떻게 하느냐고 안 믿는 분들도 계세요(웃음)."

한국장애인도우미견협회의 시범견으로 활약하고 있는 허브 ⓒ설리번

지체도우미견은 스위치를 껐다 켜는 등 다양한 임무를 수행할 수 있다.
ⓒ설리번

협회의 시범견으로 맹활약하고 있는 '허브' 역시 지체도우미견으로 훈련을 받았는데, TV에도 자주 등장한 허브는 무려 60여 가지의 행동을 할 수 있다고 한다. 하지만 사람으로 치면 대학원 과정 이상의 수준 높은 훈련을 받았음에도 허브는 도우미견으로 선정될 수 없었다.

이이삭 팀장 "허브는 간질발작이 너무 심해 분양할 수가 없었어요. 형제견들은 진작 다 분양됐으나 허브만 시범견으로 남게 되었죠. 대신 협회의 얼굴이 되어 많은 사람들에게 도우미견에 대해 알리는 역할을 하고 있어요."

허브는 다행히도 지금은 많이 치료되어 일상에 무리가 없다고 한다. 시범 행사로 인해 전국 방방곡곡 안 가본 곳이 없다는 허브. 덕분에 장거리 이동시 차 안에서도 편안히 잠드는 기술(?)을 터득했다고.

시각도우미견도 물론 빠뜨릴 수 없다. 시각도우미견 '소미'는 골든 리트리버와 스탠다드 푸들의 교잡으로 탄생한 골든 두들이다. 총명하지만 털이 많이 빠지는 리트리버의 단점을 보완하기 위해 털날림이 적은 푸들과 교배시킨 종이다. 덕분에 소미는 리

시각도우미견 소미는 골든 리트리버와 스탠다드 푸들의 교잡으로 탄생한 골든 두들이다. ⓒ설리번

트리버의 우아함과 푸들의 귀여운 매력을 모두 갖추고 있다.

청각장애, 지체장애 도우미견은 명령이나 자극에 의해 행동할 때가 많으나 시각도우미견은 명령 이전에 개가 스스로 판단해야 할 경우가 많다. 때문에 훈련 과정도 더 길고 어렵다. 소미는 시끄러운 상황에서도 명령을 구분할 수 있도록 'come here', 'stay' 등 영어로 훈련을 받고 있었다.

도우미견이 되기까지

이이삭 팀장 "도우미견은 생후 50일이 되면 일반 가정에서 1년 정도 위탁 교육을 받아요. '퍼피워킹' 단계로, 개들의 사회성을 길러주고 경험을 쌓게 만드는 거죠. 사회성 훈련과 함께 둔감화 훈련도 필요해요. 도우미견이 길 안내 중에 발 밟혔다고 짖어버리면 안 되잖아요? 어렸을 때부터 다양한 자극들을 주면서 위협이 아니라는 인식을 심어주어야 합니다. 이런 기본 소양을 갖추게 하는 동시에 이 아이의 적성을 찾아야 해

서랍에서 양말을 꺼내는 허브 ⓒ설리번

요. 이 아이가 잘하는 것이 무엇인지 지속적으로 테스트해보죠. 청각도우미견은 소리에 대한 감각이 뛰어나야 하고, 지체도우미견은 리모컨 등을 무는 걸 좋아해야 돼요."

재능에 따라 다시 훈련 과정이 나뉜다. 퍼피워킹 과정을 제외하고 청각도우미견은 6개월, 지체도우미견은 6개월에서 1년, 시각도우미견은 1년의 훈련 기간이 필요하다. 열 마리를 훈련시켰을 때 두세 마리만 도우미견으로 선정될 수도 있다고 한다. 도우미견 한 마리를 양성하는 데 드는 비용이 만만치 않은 이유다.

이삭도우미개학교 이이삭 팀장 ⓒ설리번

이이삭 팀장 "도우미견 한 마리당 드는 비용이 의료비, 사료비, 훈련비용 등을 합해 3~4천만원이에요. 하지만 정부지원금은 2억원이 조금 안 됩니다. 예산이 부족하기 때문에 비용을 절감해야 하는데 의료비나 사료비를 축소할 수는 없잖아요? 훈련사 급여부터 줄이게 될 수밖에 없죠. 네 명의 훈련사가 야간 당직까지 서가며 24시간 동안 약 80마리를 관리하는데 일한 만큼 제대로 대가를 받지 못하고 있죠. 열정과 사명만으로 이 일을 하긴 어렵습니다."

정부 지원을 받기 위해서는 실적이 중요하다. 지원이 뒷받침되어야 실적이 나올 수 있지만 현실은 반대다. 예산이 부족할지라도 어떻게든 훈련시켜 내보내야만 지원을 받을 수 있다. 이삭도우미개학교는 어려운 상황 속에서도 작년에 20마리를 분양시켰다.

이이삭 팀장 "보건복지부에서 지정한 도우미견 훈련기관은 세 군데밖에 없어요. 삼성안내견학교에서 8마리, 경기도 도우미견나눔센터에서 2마리, 그리고 우리가 20마리, 이렇게 해서 1년에 30마리 정도 도우미견을 분양하죠. 그러나 도우미견을 필요로 하는 사람들은 1,000여 명 정도 됩니다. 분양 신청은 많으나 그만큼 보급할 수가 없어요. 다 도와드리고 싶지만 도와드릴 수 없는 현실이 안타깝습니다."

도우미견 보급이 빠듯한 상황에 삼성은 오히려 청각도우미견 사업을 철회하는 등 예산을 대폭 축소했다. 밖에서 보행을 돕는 시각도우미견은 사람들 눈에 띄나, 안에서 일상을 돕는 청각도우미견은 좀처럼 찾아보기 어렵기 때문일까.

이이삭 팀장 "브랜드 홍보를 해야 하는 기업은 대중의 눈에 잘 띄는 곳에 후원할 수밖에 없습니다. 물론 삼성이라는 기업 덕분으로 매체에도 많이 알려지고 좋은 시너지가 있기도 하지만, 후원의 진정성이 변질될 수도 있죠."

이삭도우미개학교의 임대 계약은 내년이면 만료된다. 당장 내년에 이 아이들이 어디로 가게 될지 모른다. 미래를 기약하기 힘든 환경 속에서도 협회는 25년 동안 200여 마리의 도우미견을 분양시켰다. 하지만 아직도 도우미견에 대한 사회적 인식은 많이 부족한 실정이다.

사무실에 있는 사과나무는 장애인과 도우미견이 함께 찍은 사진들로 채워져 있다.
ⓒ설리번

이이삭 팀장 "장애인복지법 제40조에 따르면 도우미견의 출입을 정당한 사유 없이 거부했을 때 300만원 이하의 과태료를 부과하게 되어 있습니다. 그러나 출입을 거부당하는 일이 빈번히 발생하고 있음에도 과태료가 부과된 적은 한 건밖에 없어요. 관할 시군구청에 신고한다 하더라도 신고자에게 되레 어떻게 처리해야 하는지 되묻는 경우가 많아요."

도우미견에 대한 에티켓도 지켜지지 않고 있다. 도우미견을 예쁘다고 함부로 만지거나, 먹이를 주는 일은 자칫하면 위험으로 이어질 수도 있다.

이이삭 팀장 "도우미견은 간식에 관심을 안 보이게끔 훈련받지만, 어디까지나 훈련일 뿐 개들도 생명입니다. 하루 종일 굶으면 간식을 주워 먹으러 길을 이탈할 수도 있어요. 실제로 시각장애인이 차도로 떨어진 적도 있었던 만큼 큰 위험을 불러올 수 있습니다. 도우미견은 장애인들에게 있어 눈과 귀가 되어 밖으로 나오게 해준 존재예요. 그런데 나의 눈을 만진다고 생각해보세요. 장애인들에게는 굉장히 민감할 수도 있는 문제입니다."

도우미견으로 삶이 달라질 수 있습니다

장애인들에게 있어서 도우미견은 눈과 귀 그 이상의 역할을 한다. 특히 선천적 장애가 아닌 사고로 인해 장애를 가지게 된 사람들에게 도우미견은 인생의 의미를 되찾아주기도 한다.

ⓒ한국장애인도우미견협회 페이스북

이이삭 팀장 "교통사고로 휠체어를 타게 되신 분이 있었어요. 우울증과 상실감으로 집 밖으로 나오지도 못했고, 자연스레 가정불화가 생겼죠. 그런데 도우미견 분양 이후 달라졌어요. 지체도우미견이 하는 일은 떨어진 물건을 주워주는 등 특별하지 않아요. 대신 도우미견이 항상 곁에 붙어 있다 보니 한 달 가까이 이야기를 나누지 않던 가족들 사이에서 도우미견을 주제로 대화가 오가게 되었죠. 거기다 집에만 있으면 개가 답답해하잖아요? 정말 나가기 싫어하셨지만 개를 산책시키기 위해서라도 억지로 밖으로 나섰어요. 그렇게 이젠 운전까지 할 만큼 적극적으로 외부 활동을 하고 계시죠. 단순히 개만 분양시키는 것이 아니라 그분들의 인생을 바꿔주는 것이죠. 도우미견으로 인해 가정이, 삶 자체가 달라지는 거예요."

도우미견은 오직 사람을 돕기 위해 수년간의 훈련을 거친다. 도우미견은 장애인을 차별하지도 무시하지도 않는다. 오히려 자신의 본능마저 억누른 채 헌신하는데 정작 우리는 도우미견을 무시하고 있었다. 동물이라고 해서 수년의 세월을 거친 숭고한 사명감까지 무시할 수는 없지 않을까.

이어 프로젝트

수화통역사 예약 시스템 만들기

IV

01

청각언어장애인들의 삶을 위하여

수화통역센터 시스템

엄지장갑 프로젝트를 진행하던 중 나는 취업을 했다. 국내 최대 오픈마켓인 G마켓과 국내 최초의 오픈마켓인 옥션, 그리고 큐레이션 쇼핑 서비스인 G9를 가지고 있는 이베이코리아에 입사했다. 회사를 다니기 시작하면서 당연히 학생일 때와 생활 패턴이 크게 달라졌다. 시간을 오래 보내는 곳이 학교에서 회사로 바뀌다 보니 삶의 변화도 컸다. 낮 시간에 엄마를 모시고 병원에 가기 위해서는 반차를 내야 했다. 이사를 가기 위해 부동산을 전

전하거나 집 계약이라도 해야 할 땐 시간에 쫓기다 보니 엄마 혼자 일을 봐야 하는 경우도 종종 생겼다. 사회 초년생인 데다 변화가 많은 시기이기에 당분간만 힘에 부치는 것일 뿐 차차 괜찮아질 거라고 생각했지만 여건이 만만치가 않았다. 이러한 변화의 시기를 거치면서 설리번이 해결할 두 번째 프로젝트를 발견하게 되었다.

엄마 혼자서 집을 계약하러 간다거나 병원 또는 중요한 외부 행사를 갈 때면 수화통역사를 불러야 했다. 이 부분에서 문제점을 짚어낸 것이다. 엄마와 같은 청각언어장애인이 수화통역사를 예약하기 위해서는 문자, 카카오톡, 영상통화 기능을 활용할 수 있지만 아이러니하게도 가장 쉽고 빠르게 예약할 수 있는 길은 전화 통화였다. 엄마는 수화통역사가 필요한 상황이면 나에게 통역사 예약을 부탁하곤 했었다. 직장인이 되고부터 엄마와 떨어져 있는 시간이 많아지다 보니 자연스레 수화통역사를 부르는 일이 자주 생겼고, 매번 그 불편함이 맘에 걸렸다. 그래서 수화통역센터 시스템에 대해 알아보았다.

내가 살고 있는 서울 동작구를 중심으로 서울에 있는 수화통역센터를 조사했다. 서울에는 25개의 각 구마다 구청을 통해 지원받는 수화통역센터가 있었다. 그리고 각 수화통역센터에는 네 명의 수화통역사가 근무하고 있었다. 다른 청각장애인 복지관과 프리랜서 수화통역사를 제외하고 수화통역센터에 근무하는 수화통역사가 서울에 100명 있는 셈이었다. 그런데 그 100명만으로는 서울에 사는 모든 청각언어장애인을 다 감당할 수가 없다. 조금 더 면밀히 살펴보기 위해 지인이 근무하는 서초수화통역센터를 직접 방문해보았다.

수화통역사는 어떻게 예약하고 또 어떤 방식으로 통역 지원을 나가는지 물으니, 주먹구구식이라는 답변이 돌아왔다. 수화통역에 대한 요청이 들어오면 목적을 묻고 각 센터별 등록된 회원인지 묻는다고 했다. 그러고 나서 수화통역사와 만나는 장소, 수화통역사가 필요한 시간을 확인하면 모든 예약은 완료되는 것이었다. 수화통역사들 간의 일정을 어떻게 맞추는지 알아보았더니 센터별로 구글 캘린더를 활용하는 곳도 있었고 네이버 밴드를 통해 관리하는 곳도 있었다. 물론 모두 좋은 서비스들이지만 센터 간 스케줄을 확인해야 하는 일이 벌어질 경우 난감해지기 때문에 통합 서비스가 필요한 상황이었다.

예를 들어 서울 금천구에 살고 있는 A라는 청각언어장애인이 서울 강남구에 있는 산부인과 진료를 받으려면 어떻게 해야 할까? 금천구 수화통역센터에서 지원이 될까? 아니면 강남구 수화통역센터에서 지원이 될까? 정답은 없다. 거주하는 지역에 금천구 수화통역센터가 있으니 지원이 되면 좋겠지만, 금천구 수화통역센터 통역사들의 일정이 모두 예약되어 있다면 강남구 수화통역센터로 알아봐야 한다. 그러기 위해서는 또 금천구 수화통역사들이 도움을 주어야 한다. 청각언어장애인 A 씨는 강남구 수화통역센터의 연락처를 모르기 때문이다. 이처럼 난해한 문제들이 수없이 많다. 거기다 A라는 청각언어장애인 여성은 산부인과 진료를 받는다. 아무래도 여성 수화통역사가 통역해주는 편이 더 나을 수 있다. 의료에 관한 수화 어휘를 잘 아는 사람이라면 더욱 좋을 것이다. 이렇듯 수화통역사 예약 시스템은 조금만 더 관심을 기울여 고심한다면 현재 상황보다 더 좋은 서비스를 제공할 여지가 보였다.

사람과 사람을 이어주는 '이어ear' 프로젝트

실력 있는 개발자들도 합류하였기에 설리번은 이제 두 번째 프로젝트를 진행 중이다. 바로 수화통역사 예약 시스템을 만드는 일이다. '귀'의 영어 발음인 '이어ear', 그리고 사람과 사람을 '이어' 준다는 뜻을 동시에 담아 프로젝트명은 '이어 프로젝트'로

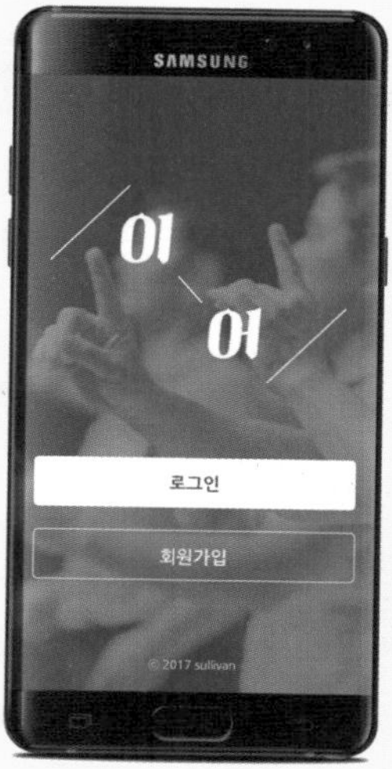
SAMSUNG
이
어
로그인
회원가입
© 2017 sullivan

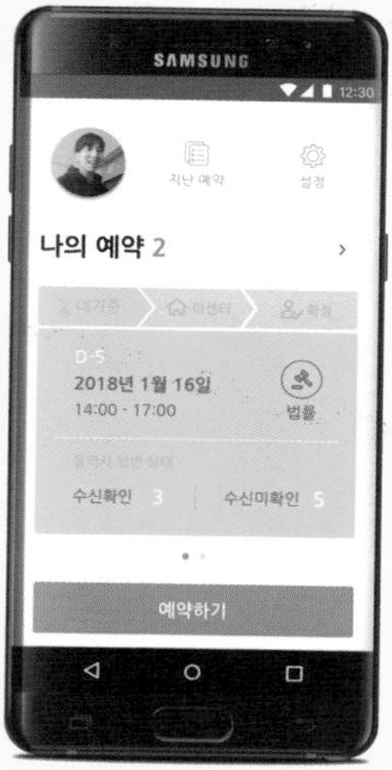
SAMSUNG
12:30
지난 예약
설정
나의 예약 2
D-5
2018년 1월 16일
14:00 - 17:00
법률
수신확인 3
수신미확인 5
예약하기

SAMSUNG
12:30
통역 일시를 선택해주세요
희망일
2018년 1월 16일
2018년 1월
일 월 화 수 목 금 토
1 2 3 4 5 6
7 8 9 10 11 12 13
14 15 16 17 18 19 20
21 22 23 24 25 26 27
28 29 30 31
희망시간
00:00 부터 00:00 까지
다음

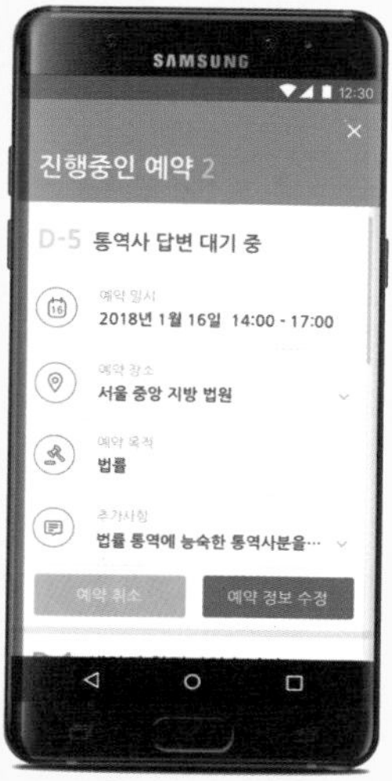
SAMSUNG
12:30
진행중인 예약 2
D-5 통역사 답변 대기 중
예약 일시
2018년 1월 16일 14:00 - 17:00
예약 장소
서울 중앙 지방 법원
예약 목적
법률
추가사항
법률 통역에 능숙한 통역사분을…
예약 취소
예약 정보 수정

이어 프로젝트의 모바일 버전 이미지. 아직 정시 출시 전이며,
청각장애인과 수어통역사들이 직접 사용하게 될 모바일 화면이다.

정했다. 이어 프로젝트는 청각장애인 어머니가 혼자 병원에 갈 때 수화통역사를 편히 부를 수 있도록 하기 위해 어플리케이션 서비스를 만들고 있다. 개인적으로는 나의 어머니를 위해, 설리번의 목표로는 청각언어장애인들의 더 나은 삶을 위해 프로젝트를 발전시켜나가고 있는 중이다.

02

손으로 말을 전하는 방법, 수화

또 하나의 프로젝트

엄지장갑 프로젝트를 시작하면서 자그마한 프로젝트를 하나 더 진행했다. 엄지장갑 프로젝트도 충분히 작은 토이 프로젝트였지만 그보다도 훨씬 품이 적었다. 방 한가운데 삼각대를 펼치고 카메라를 얹어 셔터를 누르는 게 고작이었다. 카메라 셔터를 누르고는 벽 쪽으로 뛰어가서 외워둔 수화를 두 번씩 반복하고 다시 셔터를 눌렀다. 그렇게 혼자 영상을 촬영했다. 촬영을 포함해 기획부터 운영, 편집까지 혼자 다 했다.

그런데 하루에 하나씩 올리겠다는 당찬 포부로 시작한 '1일 1수화'는 72일을 끝으로 올리지 못하게 되었다. 매일 같이 동영상을 촬영하고 편집하는 일이 고되기도 했지만, 무엇보다 모든 걸 혼자 해야 한다는 게 가장 큰 어려움이었다. 몸이 아파도 촬영을 해야 했고, 며칠 여행이라도 가게 되면 미리 편집을 마쳐놓은 후 그때그때 PC방을 찾아다니며 겨우 업로드를 하곤 했다.

이런 고된 작업을 시작하게 된 목적은 단 하나였다. 청각장애인들의 언어인 수화를 건청인들에게도 알려주고자 했던 것이다. 또한 이것이 곧 코다로 살고 있는 나의 사회적 책무이자 커뮤니케이션 장애 인식 개선활동을 하는 설리번 멤버로서의 책임 활동이라고 생각했다. 하지만 스스로 지친 것 외에도 다양한 피드백을 감당하기가 힘들었다. '수화는 표정과 함께 입모양이 반드시 있어야 하는데 왜 손만 보여주느냐', '너 누구냐', '청각장애인한테 수화 확인은 받고 올리느냐' 등등 여러 가지 부정적인 댓글과 메시지가 쏟아졌다. 온라인에서의 대화는 같은 글이라도 꽤나 날이 서 있다. 아니, 내가 그렇게 느꼈을 수도 있다. 이런 이유들로 인해 1일 1수화는 문을 닫았다.

1일 1수화라고 써 붙여놓은 페이스북 페이지에 동영상을 올리지 못한 그날, 73일째 되는 날, 세상이 무너지기라도 하듯 스스로 절망했다. 이삼일이 지나자 '1일 1수화라고 하지 않았냐, 왜 안 올리느냐'라는 댓글이 있었지만 무기력해진 나에게 따끔한 채찍질이 되지는 못했다. 다만 약속을 지키지 못했다는 불편함이 내내 마음속을 어지럽힌 채 남아 있었다.

1일 1수화 모델 코가이

아직 어리기 때문일까? 형이나 누나들을 만나는 것보다 동생들을 대할 때 더 어렵게 느껴진다. 앞으로 내가 마주할 순간들이라 여겼기에 학창시절부터 나보다 나이 많은 선배들을 보면서 배우고 결심하는 일이 잦았다. 그러면서 선배들로부터 받은 것도 참 많은데 후배들에게 나는 무엇을 해주었나 돌이켜보면, 받은 만큼 나눠준 게 부족하다는 생각이 든다. 특히 나이 어린 후배라도 배울 점이 많은 친구들을 만나면 늘 반성하게 된다. 그중에서도 특히 선일이는 나로 하여금 가장 많이 반성하게 만드는 후배이자 고마운 친구다.

처음 만났을 때부터 선일이는 자신의 블로그를 운영하고 있었다. 블로그 주제는 뷰티, 패션이었다. 선일이는 잘생겼다. 선일이만큼만 됐어도 나 역시 훌륭한 도화지에 그림 그리는 재미가 있었을 것만 같다는 생각이 든다. 하지만 뷰티 블로거로서 그의 강점은 잘생긴 외모가 아니다. 바로 '우직함'이다. 선일이가 대전에서 의무경찰로 군 복무를 하는 동안 한 번도 선일이의 얼굴을 보지 못했다. 그럼에도 그의 블로그는 쉬지 않고 돌아갔다. 오히려 블로그는 더욱 정제된 콘텐츠가 올라오는 느낌이었다. 아니나 다를까 오랜만에 마주한 선일이는 사진과 글로 메시지를 전하던 블로거에서 동영상으로도 콘텐츠를 전달하는 유튜브 크리에이터가 되어 있었다.

동영상을 다루거나, 온라인상 구독자들과의 커뮤니케이션을 하는 데 있어서 선일이를 통해 배울 게 많았다. 여러 노하우도

배울 겸 선일이에게 '1일 1수화' 페이지를 설명하고 조언을 부탁했다. 선일이는 영상의 썸네일 제작부터 페이지 관리, 콘텐츠의 구성까지 디테일한 피드백을 주었다. 그리고 수화를 잘 모르는 사람이 하루에 하나씩 배우는 콘셉트로 진행하면 좋겠다는 기획 의견까지 주었다. 선일이한테 받은 도움은 그게 끝이 아니었다. 선일이는 남자 모델을 자처하며 수화를 배우고 알리는 데 기쁜 마음으로 동참하겠다고 했다.

1일 1수화 모델 라라

대학 동기이자 설리번의 첫 프로젝트인 엄지장갑 프로젝트를 함께 시작했던 힘찬이와 가현이. 언제나 그렇듯 첫 모습은 낯설었지만 강한 인상으로 뇌리에 박혀 오래 기억되는 친구들이다. 힘찬이와 가현이 외에 내게 특별히 강한 인상을 주었던 또 다른 친구가 있었다. 김지아. 나보다 키가 컸다. 처음 얼굴을 마주보면서 통성명을 나눌 때, 내가 올려다보았다. 이후 종종 마주치면 멀리 떨어져 걸으라며 짓궂은 농담도 하곤 했지만 시간이 지나면서 차차 얼굴 보기가 힘들어졌다.

지아는 우리 동기 중에서 가장 먼저 두드러진 활동을 시작했다. 남자 동기는 대다수가 군대를 가고 여자 동기들은 교환학생으로 해외로 떠나거나 휴학을 하는 2, 3학년 시기에 지아는 미스코리아 대회에 나갔다. 지역 예선을 거치고 전국 대회로 개최되는 미스코리아 대회에서 한 지역의 최고 성적을 거두었다는 얘기를 소문으로 들었다. 그 후에도 꾸준히 모델 활동을 하면서 자신의 커리어를 차곡차곡 쌓아가는 모습이 새삼 존경스럽기까지 했다.

어느 날, 지아에게서 먼저 연락이 왔다. 자신이 한 매체에서 인턴으로 기자 생활을 하고 있는데 인터뷰할 대상을 소개해달라는 것이었다. 갑작스러운 연락보다 기자 생활로 접어들었다는 이야기에 더 놀랐다. 훤칠한 키에 수려한 외모로 모델로서의 커리어를 잘 쌓아가고 있는 줄로만 알았던 지아가 기자라는 직업을 가지고 있을 줄은 몰랐기 때문이다. 지아와 나는 서로의 삶에 관해 SNS로나마 지켜보던 관찰자였기에 겉으로 나타나는 모습만 볼 수 있었지, 어떠한 생각을 갖고 살아가고 있는지는 알 수 없었다. 지아가 모델 일을 하다가 왜 기자가 되었는지, 왜 하필 사람과 직업을 들여다보는 매체를 택했는지 궁금했다.

지아와 오랜만에 만나 식사를 하면서 새롭게 깨닫게 된 사실들이 많았다. 지아는 직업마다 다르겠지만 어찌 되었든 메시지를 전달하는 삶을 살고 싶다고 했다. 모델 또는 기자라는 직업 둘 중 하나만 택해야 한다는 선입견을 갖고 내 멋대로 섣불리 지아를 먼저 판단하고 있었던 것 같아 속으로 짧은 반성을 했다. 금세 궁금증이 풀려버리고 나니 서로 할 얘기가 없어졌다. 그럴 땐 서로에게 공통되는 얘기를 하게 되기 마련이다. 자연스레 힘찬이와 가현이의 얘기를 꺼내다 보니 어느새 대화의 주제는 설리번 활동으로 넘어가 있었다.

지아는 정작 자신의 이야기를 할 때보다 상대방의 이야기를 들을 때 대화의 몰입도가 더 높아졌다. 기자라는 직업이 참 잘 어울린다고 느꼈다. 오랜만에 만난 친구 앞에서 하염없이 설리

번 활동을 털어놓다 보니 깊은 고민에 빠져 있었던 1일 1수화에 대한 얘기까지 하게 되었다. 1일 1수화를 진행하다가 왜 그만 두었는지, 새롭게 시작하면 어떻게 할 계획인지. 이렇듯 대화는 과거의 일을 회상하는 것에서 어느새 앞으로의 계획에 대한 이야기로 이어졌다. 그리고 내 머릿속에는 이미 1일 1수화 모델로 지아가 자리잡고 있었다.

03

하루에 하나씩, 1일 1수화

수화와는 전혀 상관없을 것 같은 청년들이 수화를 배우기 시작했다. 뷰티 크리에이터 코가이로 활동하고 있는 조선일, 기자와 모델로 활동하며 세상의 많은 소식을 전달하고 있는 김지아. 영상과 기사를 통해 정보와 소식을 전달하는 커뮤니케이터의 삶을 살고 있는 이 두 청년은 더 풍성한 콘텐츠와 더 다양한 방법으로 이야기를 전하고 싶어 수화를 배우기 시작했다고 한다.

뷰티 크리에이터로 활동하고 있는 코가이의 본업은 대학생이다. 생물학을 전공하는 나름의 반전매력(?)을 갖고 있는 선일이는 유튜브에 영상을 올리기 전부터 코가이라는 이름으로 오랫동안 뷰티 블로그를 운영해왔다. '화장하는 법을 알려주는 남자'라는 뜻을 담아 Cosmetic과 Guy의 합성어로 지은 이름인 '코가이 COGUY' 블로그는 누적 게시물 800건이 넘는 정보로 가득 차 있다.

1일 1수화에서 라라로 활동하고 있는 지아는 언론정보학과 출신으로 전공을 살려 기자의 직업을 가지고 있으며 현재 조선일보와 네이버의 합작회사인 JobsN에서 활동하고 있다.

Q 1일 1수화는 어떤 활동인가요?

코가이: 제목에서 알 수 있듯이, 하루에 하나씩 수화를 배울 수 있는 영상 콘텐츠입니다. 수화를 전문적으로 아는 사람들이 아니라 그저 관심만 있었던 코가이와 라라가 수화를 하나하나 배워가며 영상으로 수화를 알려주는 학습 동영상이라고 보셔도 되겠네요.

라라: 1일 1수화는 하루에 하나씩 수화를 배우는 목적도 있지만, 마음먹고 수화를 배우려고 생각하시는 분들에게는 다소 학습량이 부족할 수 있어요. 하루에 한 단어씩, 1년이면 365개

의 단어를 배우게 되기 때문이죠. 하지만 수화를 전혀 몰랐던 사람에게 수화가 어렵거나 낯설지 않음을 알려줄 수 있는 방법이라고 생각합니다.

Q 수어가 아니라 왜 수화인가요?

라라: 사실 '수어'라는 말이 맞는 표현이에요. 우리가 흔히 쓰는 수화는 손으로 나누는 이야기라는 뜻이죠. 이와 달리 수어라는 표현에는 하나의 '언어'로서 지위를 내포하고 있습니다. 그럼에도 저희가 수화라는 표현을 쓴 이유는 더 많은 사람들에게 수화를 알리고 싶었기 때문이에요.

코가이: 아무래도 수어보다는 수화라는 표현이 더 널리 쓰이고 있죠. 일상적이고 대중적으로 쓰이는 익숙한 표현이기 때문에 수화를 택했습니다. 수화를 잘 모르는 농아인 분들도 우리 영상을 보고 배울 수 있겠지만, 저희 목표가 더 많은 비장애인들에게 수화언어를 알리는 것이다 보니 친숙한 표현을 썼어요. 수어라는 표현이 아직까진 주로 학술적인 분야에만 쓰이고 있기도 하고요. 말은 이렇게 하면서도 사실 아이러니하

게 주위 사람들에게는 수화가 아니라 수어라고 알리고 있어요(웃음). 나중엔 수어라는 표현이 더 널리 쓰였으면 좋겠어요.

Q 1일 1수화를 시작하게 된 계기는 무엇인가요?

코가이: 저는 뷰티 크리에이터로 활동하고 있는데요, 유튜브에서 영상을 통해 사람들과 소통하면서 뷰티나 패션이 아닌 다른 콘텐츠, 다른 사람들과 소통할 수 있는 방법이 없을까 고민했습니다. 그러던 중 제안을 받게 되었는데, 제가 수화를 배우면 더 많은 사람들에게 저의 이야기를 전달할 수 있잖아요. 크리에이터로서 더 많은 사람과 소통하기 위해 1일 1수화에 참여하게 되었습니다.

라라: 저도 비슷한 이유로 시작하게 되었어요. 언론정보학을 전공하고 현재 기자로 활동하면서 커뮤니케이션에 대해 배우고, 커뮤니케이션을 업으로 삼는 사람으로서 언젠가 수화를 꼭 배워보고 싶었어요. 제가 세상의 소식뿐만 아니라 농아인들의 언어를 비장애인들에게 전달할 수 있다면, 장애인과 비장애인을 잇는 커뮤니케이터가 될 수 있지 않을까요?

Q 하루에 하나씩, 어렵지는 않을까요?

코가이: 제가 유튜버이다 보니 영상을 하루에 하나씩 올리는 게 얼마나 힘든지 잘 알잖아요. 그래서 사실 지금도 걱정이 되긴 하는데, 팀원들을 믿기에 괜찮을 것 같아요(웃음). 저나 라라 씨는 출연하는 입장이라 촬영 날만 잠깐 고생하면 되겠지만 편집자가 더 힘들 거예요. 분명 어려움이 있겠지만 다 같이 열심히 준비하고 배우고 있는 만큼 매일매일 꾸준히 올리고 싶어요.

Q 1일 1수화가 두 번째 시즌이라던데요?

라라: 네, 저도 그렇게 들었어요. 시청각장애의 인식 개선을 위한 프로젝트 팀 설리번이 작년에 1일 1수화 페이지를 시작하면서 72일까지 운영했다고 해요. 지금 1일 1수화 페이지에도 과거 영상은 그대로 있고요. 하지만 운영상 문제 때문에 잠시 쉬다가 재정비를 거친 후 시즌 2로 다시 찾아왔다고 합니다. 이번엔 저와 코가이도 함께하게 되었으니 시청자들의 입장에서는 큰 변화로 느끼실 수 있을 것 같아요.

Q 1일 1수화 모델로서의 각오?!

코가이: 1일 1수화가 거창하게 시작한 활동은 아니에요. 그래서인지 부담 없이 할 수 있을 거 같아요. 하지만 하루에 하나씩 수화를 올리겠다는 약속만은 지키고 싶어요. 또한 저는 크리에이터로 활동하는 사람이기에 1일 1수화가 점점 더 발전하는 데 기여하고 싶습니다.

라라: 저를 비롯해서 코가이 그리고 이 프로젝트를 함께 만들어가는 친구들 모두 본업은 따로 있어요. 그렇기 때문에 누구 하나의 본업이 바빠지면 1일 1수화 콘텐츠가 많은 영향을 받습니다. 모든 친구들이 함께 고민하고 만들어가는 일이기 때문에 저부터 지치지 않기 위해 노력하려고요!

청각장애인도 언어장애인도 아닌 코가이와 라라. 하지만 커뮤니케이터라는 공통된 직업을 가지고 커뮤니케이션 수단인 수화에 관심을 갖기 시작한 계기는 모두 같다. 이제 코가이, 라라와 함께 누구나 하루에 하나씩 수화를 배워볼 수 있다.

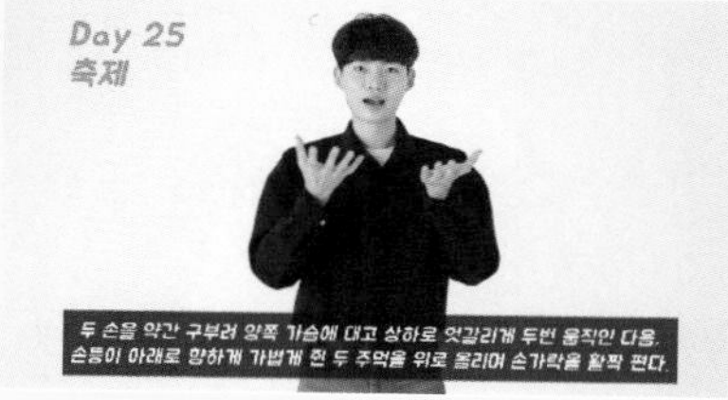

축제: 두 손을 약간 구부려 양쪽 가슴에 대고 상하로 엇갈리게 두 번 움직인 다음, 손등이 아래로 향하게 가볍게 쥔 두 주먹을 위로 올리며 손가락을 활짝 편다.

신기하다: 오른쪽 눈 가까이에서 손가락이 눈으로 향하게 편 오른 손가락을 두 번 붙였다 편다.

* 1일 1수화 URL: https://www.facebook.com/1day1sign/

현장의 소방공무원

HEREHERO

V

HERHERO 담당자로 사회생활을 시작하며

누구나 무대 위 주인공이 되고 싶다. 그리고 우리는 100여 년에 가까운 공연 시간의 주인공으로 살고 있다. 더욱 극적인 해피엔딩을 위한 주인공들의 부단한 노력이 헛되지 않기 위해서는 무대 아래 객석도 역할을 해줘야만 한다. 내 인생을 가장 오랫동안 볼 수 있는 최고의 객석은 어머니를 위해 마련해두었다. 무대 위에서 펼쳐지는 수많은 퍼포먼스를 볼 수도, 들을 수도 없는 어머니는 헬렌 켈러와 똑같은 장애를 가지셨지만 모든 시퀀스마다 내게 열화와 같은 응원의 박수를 보내주셨다. 비록 장애 때문에 타이밍이 조금 어긋난 박수였을지라도 어머니의 박수는 내 존재 이유이고, 지금도 어머니의 뜨거운 격려의 박수를 받기 위해 나만의 무대를 성실히 가꾸고 있다.

현재 한 기업의 소셜임팩트 담당자로서, 난 주인공이 아니다. 그렇다고 내가 재직하고 있는 회사가 주인공이 되는 것도 아니다. 주인공은 바로 회사에서 진행하는 소셜임팩트 대상자인 소방공무원이다.

현재 소방 체계는 '대한민국 소방'이 아닌 '제주소방', '강원소방', '경남소방' 등의 이름으로 나뉘어 있다. 그렇기에 각 시도의 행정 여건에 따라 다른 지원을 받게 된다. 국민의 안전을 생각하는 데는 차이가 없지만, 국민의 안전을 위한 소방의 지원 품목에는 차이가 있는 것이다. 내가 다니는 회사는 바로 이 간극을 좁히기 위해 지역 특성에 맞는 지원 활동을 해오고 있다.

강원소방의 핵심 문제는 '눈'이었다. 이를 해결하기 위해 간이 제설기와 신발 건조기를 제공했다. 경남소방의 핵심 문제는 '산'. 하여 산악 구조에 도움이 될 수 있는 드론과 열화상 카메라를 제공했다. 최근 지원 대상이 된 제주소방의 핵심 문제는 '고사리'였는데 일부 도민들이 고사리 채취를 위해 오름에 올랐다가 미끄러운 현무암으로 인해 실족사고가 빈번히 발생했던 것

이베이코리아가 HEREHERO를 통해 소방에 기부한 물품
그리고 이베이코리아 기업홍보팀 홍윤희 이사님과 함께

이다. 종전의 들것으로는 산악 지형에서 구조가 어렵기에 혼자서도 사람을 업을 수 있는 캐리벨트를 지원했다.

서울 강남 한복판의 사무실 책상에서 알아낸 정보로 지원하는 것이 아니라, 현장에 있는 소방공무원이 필요로 하는 것을 지원하자는 것이 회사가 추구하는 소셜임팩트 철학이다. 소방공무원 지원 사업에서 회사와 소셜임팩트 담당자인 나의 자리는 무대 위가 아닌 객석이다. 객석에서 무대 위를 향해 집중과 관심에서 우러나는 감사를 담아 보내는 박수, 그것이 어머니가 나를 키웠던 방식이며 내가 객석에 앉아 우리의 영웅들에게 보내는 마음이다.

01

강원소방의 문제 '눈'

2016년 12월 5일, 학사모를 쓰기 전에 사원증 목걸이를 걸었다. 꿈에 그리던 순간이었다. 단순히 취직을 해서가 아니라 어머니가 늘 말씀하시던 '더 좋은 일'을 직장에서도 이어나갈 수 있게 되었기 때문이다. 근무를 시작한 첫날은 사원증에 들어갈 사진 촬영도 하면서 정신없이 지나갔다. 둘째 날은 회사 업무를 위한 인수인계를 받느라 금세 하루가 지나갔다. 학창시절, 수업이 지루해 몇 번이고 시계를 쳐다봤을 때와는 시간의 속도가 전혀 다른 느낌이었다. 처음으로 그렇게나 빠른 시간을 느껴봤다.

퇴근 시간이 가까워지자 팀장님이 한 가지 주문을 하셨다. "내일은 정장 입고 와요."

외국계 회사여서 정장을 통 입지 않는데 이상했다. 간혹 와이셔츠를 입고 오는 사람들이 있긴 해도 옷에 대한 강요는 전혀 없는 회사인데 말이다. 이유가 궁금했지만 군말 없이 다음 날 정장을 갖춰 입고 출근을 했다. 알고 보니 내가 앞으로 담당해야 할 소방공무원 지원활동을 위한 업무협약체결식이 있는 날이었다. 그렇게 출근 사흘째 되는 날 '소방관서 근무환경개선 등 소방관 복지증진을 위한 업무협약식'을 진행하는 것으로 소방공무원 지원 사업 담당 업무가 시작되었다. 결코 작은 사업은 아니었다. 소방공무원을 대상으로 연간 10억원에 달하는 금액을 지원하는 것으로, 민간기업의 소방공무원 대상 활동으로는 최대 규모였다. 약간은 벅차기도 했지만 사실 걱정이 너무 많이 되었다. 담당자인 내가 정작 소방공무원에 대해 아는 것이 하나도 없었기 때문이다.

솔직히 크게 당황했다. 오랫동안 꿈꾸며 미래를 그려오던 소년이 막상 미래에 도달하고 보니 어찌할 바를 몰라 허둥대는 모양새였다. 꿈꾸던 미래와 마주한 현실이 달라서는 아니었다. 나 스스로가 준비가 덜 된 상태였다는 사실이 나를 당황시켰다. 눈앞의 무언가를 실천하지 않고 꿈만 꾸던 태도가 관성이 되어버린 것인지도 모르겠다. 1년에 10억, 분기마다 나누었을 때는 2억 5천만원 규모의 물품을 지원하는 업무를 해야 하는데, 정작 나는 회사 생활도 적응하지 못한 상태였다. 회사에서의 첫 업무가 가슴에 벅차 시작도 하기 전부터 심호흡만 크게 하고 있을 뿐이었다. 들숨과 날숨 사이에는 답 없는 질문들로 가득했다. 그간 접해왔던 시각장애, 청각장애, 또는 경제적으로 어려운 기초생활수급자들의 삶이 아닌 소방공무원의 환경에 대해선 아는 바가 없었지만, 나름의 업무 철학을 세웠다.

"주고 싶은 것이 아닌, 받고 싶은 것을 주겠다."

지난날 어머니와 함께 여러 도움을 받으며 살아온 나름의 노하우였다. 우리는 매해 겨울철마다 동사무소, 지역 복지관을 통해 김치 지원을 받아왔다. 철없게도 때때로 시원한 동치미나 갓김치도 먹어보고 싶었지만, 우리 집에는 각기 다른 재료로 맛을 낸 온갖 배추김치들이 각 기업의 봉사단 또는 종교 단체가 남긴 응원문구와 함께 포장되어 전달되었다. 어느 해 겨울에는 김치를 보관할 곳이 없어 어쩔 수 없이 상한 김치를 버려야 하는 안타까운 순간도 있었다. 모두가 같은 생각으로 귀한 음식을 보내주셨던 건데, 추운 겨울 그 지원이 너무나 고마웠지만, 이왕이면 도움을 받는 사람들의 목소리도 들어주면 좋겠다는 생각을 했다. 회사에서 지원 사업을 맡게 되면서 이런 경험이 일에 녹아 들어갔다.

소방공무원은 과연 어떤 문제를 마주하고 있는지 서울 강남 한복판에 있는 사무실에 앉아 컴퓨터를 두들겼다. 각종 뉴스에서는 소방공무원의 자살 문제를 말하고 있었다. 순직한 소방공무원보다 자살한 소방공무원의 숫자가 훨씬 많으며, 그 원인을 PTSD(Post-Traumatic Stress Disorder; 외상 후 스트레스 장애)로 꼽았다. 소방활동을 하며 외상을 입은 후 스트레스에 시달리는 분들이 대다수였으며, 구조활동을 하다 동료를 잃은 분들의 이야기도 있었다. 간혹 순직, 공상을 인정받지 못하는 분들의 소식도 눈에 띄었다. 컴퓨터를 통해 바라본 소방공무원들의 삶은 안타까운 사례 또는 극적으로 영웅시되는 일례들만 보였다. 자리에 가만히 앉아서는 소방공무원의 실제 근무 환경을 도저히 알 수 없었다. 그래서 직접 현장으로 갔다.

해가 바뀌고 1월의 어느 날이었다. 추운 겨울날, 대관령 119 안전센터로 향했다. 추위에 몸은 오들오들 떨리고 입사 이후 첫 출장이었기에 심장까지 오들오들 떨려왔다. 당장이라도 무슨 일이 터질 것만 같은 하늘 아래 대관령 119안전센터의 문을 열고 들어가니 출동대기실 안에 홍당무색 유니폼을 입은 소방공무원들이 컴퓨터 앞에 앉아 있었다. 소방공무원 유니폼을 입은 것만 아니면 흔히 볼 수 있는 회사원의 모습과 큰 차이가 없어 보였다. 출동대기실이라고 해서 출동을 위해 준비하고 쉬는 장소가 아닌 다양한 행정업무를 보는 곳에 가까웠다. 머릿속에 그려놓은 지원 리스트에서 안마의자 품목이 삭제됐다. 안마의자도 충분히 도움이 되는 용품이긴 하겠지만 대관령 119안전센터는 그런 의자를 놓을 공간도 마땅치 않았기 때문이다. 직접 방문하길 참 잘했다는 생각이 들었다.

소방공무원을 직접 만나 듣게 된 모든 이야기들은 나의 선입견을 하나씩하나씩 깨뜨렸다. 지나다니며 소방서라고 기억했던 곳들의 대다수는 119안전센터라는 것. 소방차라고 불리는 차량들은 급수차와 사다리차, 구조대 차량 등 다양한 목적에 맞게 상이하다는 것. 모두 같은 소방관처럼 보이지만 상황에 따라, 또 각자 맡은 역할에 따라 구급, 구조, 진압 등 다양한 업무활동에 맞게 구분된다는 것까지 직접 방문하지 않으면 몰랐을 이야기들이 수두룩했다. 그때 센터 전체에 사이렌이 울리며 출동 명령이 떨어졌다.

"구급출동, 구급출동……."

안내 사이렌이 울리니 모두 허공을 바라보며 이어지는 메시지에 귀를 기울였다. 출동 상황이 되자 구급대원으로 보이는 두 사람이 뛰쳐나가며 굳게 닫힌 셔터를 올리고 곧바로 출동을 하였다. 119안전센터 내에서 출동 명령을 실제로 들으니 심장이 마구 쿵쾅거렸다. 지금 어딘가에서 소방관의 도움을 필요로 하고 있을 누군가의 긴급함을 상상하자니 걱정이 되었다. 안절부절못하는 내 모습을 보며 오히려 소방관 분들이 나를 진정시켜 주었다. "겉으로 드러내지만 않을 뿐이지 우리도 출동 명령 떨어지면 심장이 쿵쾅거려요." 소방관 선발 시험에는 분명 공감 평가도 있겠다는 생각이 들었다.

마음을 다스리며 창밖을 바라보니 온통 눈발이 흩날리고 있었다. 갑작스레 쏟아진 소나기처럼 대관령의 눈발은 무게감 있게 쏟아져 내렸다. 차량들이 엉금엉금 기어가는 모습을 보며 혼자 설국을 감상하고 있는데 출동을 나갔던 구급차가 조심스레 돌아오고 있었다. 119센터장이 출동대기실에 남아 있던 대원들에게 짧은 손짓을 해보였다. 그러자 모든 대원들이 외투를 입고 센터장을 따라나섰다. 출동 후 돌아오는 대원을 맞이하러 나가는 줄 알았는데 그게 아니었나 보다.

제설작업의 어려움

대원들은 삽과 넉가래를 하나씩 나눠 들고 비장한 표정을 지었다. 그 옆에는 출동 나갔다 돌아온 구급대원들도 함께였다. 줄지어 선 대원들 앞으로 넉가래들도 고르게 줄을 맞추었다. 하얀 세상에 대원들은 그렇게 작은 길을 내었다. 10미터 앞도 잘 보이지 않는 눈발을 맞아가며 차고와 도로 사이에 검은 줄을 내었다. 함께 줄을 맞추어 저만치 나간 대원들이 돌아왔는데 돌아오는 길에 또 금세 눈이 고스란히 쌓였다. 그럼에도 모든 대원들은 꿋꿋이 눈들을 치워냈다. 한참을 치우다 잠시 쉬러 들어온 대원들의 바람막이 안에서 연기가 피어올랐다. 대장님은 쉬는 와중에도 많은 정보를 주셨다.

"이렇게 커다란 소방차도 처음 출동할 때 눈이 쌓여 있으면 나갈 수가 없어요."

구급차도 웬만한 SUV보다 훨씬 큰데, 커다란 소방차가 눈을 뚫지도 못한다니 충격이었다. 알고 보니 눈을 뚫지 못하는 것은 아니었다. 추진력이 있는 주행 중에는 눈이 웬만큼 쌓여 있어도 사뿐히 밟고 나갈 수 있는데, 주차되어 있는 상태에서 나가는 길에 눈이 많이 쌓여 있으면 출동에 지장이 생긴다는 것이었다. 문제는 그뿐만이 아니었다. 출동 현장에서 어떤 일이 벌어질지 모르는데 모든 대원들이 체력을 비축하고 있는 것이 아니라 하나같이 출동대기 상태부터 체력을 소진하고 있는 것도 큰 문제였다. 화재출동, 구급출동, 구조출동 등 여러 종류의 출동이 있지만 출발점인 119안전센터에서 정작 출동조차 못하게 막는 눈길 또한 문제였다. 이 문제점을 회사 다이어리에 새겨 넣었다.

제설작업을 마친 대원들이 안으로 들어와 신발을 갈아신었다. 눈에 푹푹 빠져 젖다 못해 얼어버린 신발은 난로 앞에 또다시 줄지어 세워졌다. 그렇게 얼어 있는 신발 위에는 헤어드라이어가 하나씩 꽂아졌다. 조금은 우스꽝스러운 광경이었다. 머리를 말리는 기구가 신발에 꽂혀 있다니. 커다란 난로가 있음에도 헤어드라이어를 사용하는 이유를 물었다.

강원소방

"언제 다시 출동할지 모르잖아요."

그 대답에 상당부분 이해가 되었다. 소방공무원은 언제 국민의 부름을 받게 될지 몰라 노심초사 기다리는 와중에도 출동일지 작성 같은 행정업무도 봐야 하고, 시기에 따라 안전교육이나 훈련 또한 많은 직업이었다. 짧게 마주한 순간이었지만 소방공무원의 노고가 절실히 느껴졌다. 소방공무원의 출동 현장을 공유할 수는 없었지만 소방공무원들이 가장 많은 시간을 보내는 출동대기실에 앉아 있으면서 많은 깨달음을 얻었다.

모든 곳을 가보진 않았지만 강원소방본부의 주력 아이템은 안마의자가 아니라는 점, 그리고 다섯 명이 밀던 넉가래 대신 혼자서도 제설작업을 할 수 있는 1인용 제설기가 필요하다는 생각, 또한 운동화, 출동화 모두 보관과 살균이 가능한 신발건조기가 필요하다는 생각 등 많은 부분이 정리되었다. 머릿속에 하나둘 새로운 정보가 내려앉을 때마다 대관령 119안전센터에는 더 많은 눈이 내려앉았다. 그렇게 내 인생 첫 출장에서 나는 고립되었다.

02

경남소방의 문제 '산'

1분기 강원소방본부의 핵심 문제는 '눈'으로 초점을 맞추었다. 소방공무원은 지방직 공무원이기에 각 시 · 도의 재정자립도에 따라 상이한 지원을 받게 될 수밖에 없다. 하지만 이 분류가 소방공무원을 돕는 기업의 사회공헌 담당자 입장에서는 '맞춤 지원'을 하는 데 도움이 되었다. 강원도의 적설량은 대한민국 타 지역(울릉도 제외)에 비해 압도적으로 높기에 '눈'으로 인해 발생하는 사건 사고도 많고 소방관의 출동 환경에 있어서도 '눈'에 의한 영향은 매우 컸다.

한편 경상남도 소방본부의 문제는 '눈'이 아니었다. 오히려 눈과는 거리가 가장 먼 영역이었다. 게다가 경상남도는 부산광역시와 울산광역시가 별도로 존재하기에 부산소방과 울산소방, 창원소방 역시 경남소방과는 다른 소속으로 운영되고 있었다.

이번에는 사전 방문 전에 소방공무원 지원을 함께하고 있는 대한민국재향소방동우회에서 기부 물품을 먼저 제안해왔다. 다른 일로 경상남도 인근의 소방서들을 다녀오다가 기부 물품에 대한 이야기를 듣고 왔다는 것이다. 가장 특이한 아이템은 '드론'이었다. 드론이라는 물품이 가져다주는 매력은 충분했지만, 과연 드론이 소방공무원의 출동환경에서 정말 실질적인 도움을 줄 수 있을지는 고민이 필요했다. 게다가 급박한 출동현장에서 소방공무원이 드론을 능숙하게 사용할 수 있을지에 대한 의문도 컸다.

여러 의문과 고민을 안은 채, 경남소방본부의 한 소방서로 향했다. 조금 부끄럽지만 태어나서 처음 가보는 도시이기도 했다. 대학교 때 현장학습으로 자주 갔던 부산 바로 위쪽에 위치한 도시, 경상남도 양산이었다. 양산의 시내는 아파트 공사장이 즐비해 새로 짓고 있는 위성도시 같은 모습이었다. 아파트와 신축상가의 끝자락에는 양산소방서가 위치해 있었다. 소방서는 꽤나 멋있는 모습이었다. 그동안 방문했던 119안전센터와는 규모가 달랐다. 도심과도 가깝고 119안전센터에 비해 넓은 시설을 가진 소방서에 무슨 고충이 있을까 싶을 정도였다.

시민들과 더욱 가까운 119안전센터 대신 큰 시설인 소방서를 방문한 이유는 '구조대'가 소방서 안에 있기 때문이었다. 처음에는 구조대가 왜 따로 있는지, 구조대가 무슨 일을 하는지도 몰랐다. 양산소방서 내에 위치한 구조대 출동대기실로 들어가니 한쪽 벽만을 보고도 이분들이 무슨 일을 하는지 짐작이 갔다. 공인중개사무소에 있을 법한 커다란 지도가 한쪽 벽을 차지하고 있었다. 그 벽의 대부분은 산악지역이었다. 구조대장님은 대원들을 소개하며 경상남도 양산 전역으로 출동한다고 하였다.

"소방서 산하에 119안전센터들이 있잖아요?"

겨우 한 군데 가봤다고 은근히 아는 체하며 질문을 던졌다. 양산소방서 구조대장님은 그 모습이 귀엽다는 듯 코웃음을 치면서도 상세히 알려주셨다.

"119안전센터도 있지만 경상남도 양산시 전체에서 발생하는 구조업무는 전부 우리가 나가요."

그 대답을 듣고 나서 출동대기실을 둘러보니 좀 전에는 보이지 않던 특수구조 장비들이 눈에 들어왔다. 산소통도 보이고 산악구조 때 사용할 법한 밧줄 같은 것도 보였다. 그때부터 소방관들에 대한 완전히 새로운 정보들이 쏟아지기 시작했다. 구조대는 그야말로 거의 모든 곳에 출동하고 있었다. 고속도로에서 교통사고가 날 때는 물론이고 거주 지역에 고라니나 멧돼지가 나타나도 구조대가 출동하는 일이 부지기수였다. 거기다 해발 1,000미터가 넘는 영축산의 산자락에서 조난 사고가 발생하면 양산소방과 울산소방에서도 출동을 한다고 하였다. 구조대의 업무에 대해 처음 설명을 듣게 된 것이 경상남도 양산이어서 그런지 양산에 대한 지리적 특성이 더욱 인상 깊게 들어왔다.

양산은 백두대간의 끝자락에 위치해 있어 산맥도 높고 넓은 데다 낙동강까지 흐르고 있어 산악과 수난 구조 모두에 출동이 잦은 곳이었다. 특히 경상남도 양산시 하북면에는 대한민국 3대 사찰로 꼽히는 통도사가 위치하고 있어 그 지역은 사시사철 관광객과 등산객이 많이 찾는 곳이기도 했다. 이런 대략적인 설명만 듣고도 입이 떡 벌어졌다. 119안전센터에서 근무하시는 분들도 고충이 이만저만 아니지만 구조대원들 역시 많은 어려움이 있다는 데에 새삼 놀랐다.

가장 중요한 드론을 지원하는 것에 대해 구조대장님께 여쭤보니 몹시 반가워하며 기뻐하셨다. 몇 년 전부터 지원 물품에 드론을 추가했는데, 여러 이유로 지급받지 못했기 때문이었다. 드론과 열화상카메라를 함께 지원한다고 말씀드렸더니 곧바로 그런 물품들이 필요한 상황에 대해 말씀해주셨다. 바로 지난 늦가을에서 초겨울 즈음의 일화였다.

한 할아버지가 통도사에서 정상을 향해 산행을 하다가 조난을 당했다. 산에서 조난을 당하면 중간중간에 표시목이 있어 사고 지점을 알 수 있지만 대다수의 조난 사고는 정해진 산길에서 벗어났을 경우에 벌어진다고 했다. 그 할아버지도 유사한 경우였다. 혼자 산행 중에 정해진 길이 아닌 다른 곳으로 들어갔다가 미끄러져 부상을 당한 것이다. 다행히도 통신 가능 지역을 벗어나지 않아 119에 신고까지는 할 수 있었지만 할아버지가 설명할 수 있는 것은 아무것도 없었다. 무엇이 보이느냐는 질문에 나무, 돌, 땅과 하늘밖에 안 보인다는 말뿐이었다고 한다. 어쩔 수 없이 양산소방서 구조대원들은 산 아래에서부터 직접 두 발로 뛰어다니며 할아버지 수색작업을 펼쳤다. 의용소방대와 근처 군부대의 지원까지 받았고 하루가 넘어서야 할아버지를 찾을 수 있었다.

헬기와 수색 구조견을 활용하면 쉽지 않겠냐고 말할 수도 있겠지만 수색 구조견은 경남소방본부에 총 네 마리밖에 없고 그

HERE.
HERO
산 밑에서부터 등산로를 따라서 계속 뛰어가든지 걸어가든지 하면서 찾아야 하기 때문에
산악 구조의 어려움

HERE.
HERO
드론

마저도 대부분 국립공원 중심으로 배치되어 있기에 양산까지 오려면 경남 산청에서 불러야 하는 고충이 있었다. 헬기도 몇 대 없을뿐더러, 헬기가 뜨게 되면 육안으로 조난자를 찾아야 하는데 숲이 우거져 있어 찾기가 쉽지 않다는 것이었다. 운 좋게 헬기로 조난자를 찾았다고 해도 헬기에서 소방구조대원이 레펠로 뛰어내릴 수 있는 것이 아니었다. 레펠 줄을 내렸을 때 줄이 나무에 엉켜 더 큰 사고가 발행할 수 있기에 소방구조대원이 산 아래에서부터 구조장비를 들고 헬기가 떠 있는 지점까지 직접 뛰어 올라가야만 한다고 했다. 이번에도 역시나 현장에서 체험해 보지 않고는 소방관의 삶을 알 수 없다는 것을 깨달았다.

03

인천소방의 문제 '주취자'

소방활동 가운데 가장 빈번한 출동은 어떤 부류일까? 바로 구급출동이다. 길거리에서 빨간 소방차를 본 적이 많은지, 사이렌을 울리며 급히 달려가는 구급차를 본 적이 많은지를 떠올려보면 금방 답이 나온다. 사건 사고의 경중을 따지기 어렵지만 단순 출동 횟수만을 비교해보면 화재출동, 구조출동에 비해 구급출동의 횟수는 압도적으로 높다. 그 차이는 도심에 가까울수록 사람들 간 발생하는 문제가 많아지는 데 있다.

인천은 도심 지역의 특성을 띠고 있는 곳이다. 번화가마다 술

집들이 즐비하고 한껏 취해 흥에 넘치는 사람들이 거리로 쏟아져 나온다. 매일 밤 반복되는 풍경이다. 술에 취해 맨손으로 시설물을 부수다 손등이 찢어진 사람부터 서로 치고받으며 싸우다 코뼈가 부러진 사람까지, 인천의 구급대원들이 낯설지 않게 마주하는 사람들의 상태는 천차만별이다. 이들의 폭력은 신고를 받고 출동한 구급대원에게로 이어지거나 심지어 구급차 안에서도 계속된다. 상처 부위를 긴급하게 지혈하고 있는 중 술에 취해 뿌리치는 경우도 있고 지혈하는 구급대원을 향해 침을 뱉기도 한다고 한다. 때때로 자기를 만졌다며 역으로 추행하거나 술에 취한 자신을 억압했다며 폭력을 행사하는 경우도 있다고 한다.

처음 이 이야기를 들었을 때 적잖이 놀랐다. 화재 현장에 뛰어들어 사람을 구하다가 화상을 입거나, 구조활동을 펼치다가 구조물에 상해를 입었다는 이야기는 들어봤어도 사람을 돕기 위한 구급활동을 하다가 오히려 그 사람에게 소방공무원이 역으로 피해를 입을 줄은 상상도 못 했기 때문이다. 자세히 들여다보니 문제는 더욱 심각했다. 술에 취한 채로 주변의 깨진 술병이나 날카로운 물건을 들고 구급대원을 향해 휘두르기도 한다고 했다. 한 소방관은 조직폭력배 간 다툼 현장에 출동한 경험도 있다고 말했다. 소방공무원은 "인천 깡패 유명한데 모르세요?"라며 아무렇지 않게 운을 뗐다. 그는 가슴 앞에 손을 가져다대며 말을 이었다. "여기까지 칼이 들어왔던 적도 있어요. 휙 휘두르는데 정말 바람을 가르는 소리가 들리더라니까요." 위험천만했던 순간을 추억 곱씹기라도 하듯 덤덤히 풀어내는 얘기들을 들으며 문제의식이 명확해졌다.

시민의 안전을 지키는 소방관들이 시민으로부터 위협을 당하는 아이러니한 상황에서 무엇을 지원해야 할지 얼른 답이 나오지 않았다. 소방관들이 폭행을 당하는 순간을 다시금 들여다봤다. 신고접수가 들어오는 순간부터 주취자酒醉者라는 것을 파악하지만 구급대원들은 여느 출동 건과 마찬가지로 긴급히 달려간다. 술에 취해 의식이 없는 사람의 팔을 붙잡고 혈압을 체크하고 혹시 모를 심정지를 대비해 CPR을 시행하기도 한다. 그렇게 혼신을 다하고 있는 중에 심한 욕설과 폭행까지 당하는 것이다. 좁디좁은 구급차 안은 달리 피할 공간도 없고 환자의 안전을 위해 쏜살같이 달리는 차에서 뛰어내릴 수도 없다. 그런 일이 발생하면 소방관은 다시 경찰에 신고를 한다. 환자의 생명을 살리는 일과 폭행의 과실은 엄연히 다른 것이기 때문이다. 바로 여기서 지원 물품에 대한 아이디어가 떠올랐다.

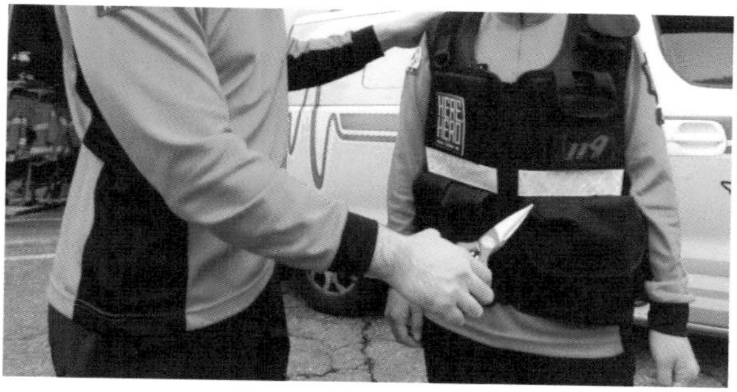

방검조끼

그동안 경찰에게만 지급되었던 방검조끼를 소방관에게도 지원하면 어떨까, 하는 생각이 들었다. 구급대원은 평상시에도 조끼를 입고 근무한다. 펜이나 소형 전등이 꽂혀 있기도 하고 현장에 따라 작은 수납공간이 많이 필요하기 때문이다. 그래서 기존의 방검조끼에 수납을 많이 할 수 있는 주머니를 달아 구급대원에게 지원해야겠다는 구체적인 아이디어가 더해졌다.

04

광주소방의 문제 '좁은 지역'

수도권이나 경상도 지역은 광역시 단위의 도시들이 많아서 비교적 소방의 분업화가 잘 되어 있다고 평가받고 있다. 그런데 전남 지역의 광역시는 광주광역시 단 하나밖에 없다. 하여 드넓은 평야가 즐비한 인근의 다른 전남 지역에 비해 광주광역시는 인구 밀집도가 높을 수밖에 없다. 그중에서도 다세대 주택이 밀집해 있는 곳을 들여다보니 화재 현장에서 발생하는 문제가 많았다.

우선 불법주차로 인해 소방차의 진입이 어렵다는 문제가 있었다. 다세대 주택이 많은 거주 지역의 경우 주차시설 또한 미비하여 골목마다 불법주차가 되어 있는 풍경들이 펼쳐진다. 만약 불법주차로 꽉 막힌 골목길 안쪽 건물에서 화재가 난다면, 대로변에 있는 건물보다 피해가 더욱 심각할 것이다. 사실 이 문제는 언론 보도나 신문 기사로도 쉽게 접할 수 있는 부분인 데다 밀집된 주택가에서의 소방 문제를 떠올려보라고 했을 때 일반인들 역시 어렵지 않게 생각할 수 있는 부분이다.

골목길 안쪽 같은 좁은 지역의 화재 현장에서 발생하는 또 다른 문제가 있었다. 바로 소방호스가 꼬이는 문제다. 평상시에는 똬리를 트는 것처럼 소방호스를 둘둘 말아서 보관한다. 화재 현장에서 소방호스를 급히 던지며 펼치게 되는데 이 과정에서 던질 만한 공간이 나오지 않으면 소방호스를 설치하는 데 속도가 더딜 수밖에 없다. 다세대 주택이나 빌라에서 소방호스를 연결, 설치하는 과정에서 호스가 꼬이기라도 한다면 그 긴박한 순간에 소방관 한 명이 호스를 풀기 위해 신경을 써야 한다. 화재 현장에서는 초 단위로 불길의 범위가 달라지고, 행여 요구조자가 불길 속에 갇혀 있기라도 하다면 빠르게 구조를 해야 하는 상황에서 꼬인 호스를 풀기 위한 시간은 엄청난 사치인 것이다.

소방호스의 꼬임 문제는 현직 소방관들이 먼저 아이디어를

꼬임방지 소방호스

내어 해결 방안을 제시하였다. 소방용품 제작 회사에서 아이디어 자문 차 대전소방을 방문했을 때, 현직 소방관이 펌프차에서 나오는 수압을 활용하여 꼬인 호스를 풀어주는 '꼬임방지 소방호스'를 개발한 것이다. 소방관들이 몸소 겪는 문제에 대해 그들 자신이 아이디어를 내어 해결책을 찾은 그 제품의 소식을 듣자마자 광주소방에 꼬임방지 소방호스를 지원해야겠다는 생각이 들었다.

05

제주소방의 문제 '고사리'

제주도에는 '고사리 장마'라고 불리는 기간이 있다. 따스함이 무더위로 탈바꿈해가는 늦봄과 초여름의 장마를 뜻한다. 이때 내리는 짧은 장맛비를 머금은 제주도의 땅이 어린 고사리 새순을 세상에 내놓는다. 바로 이때가 고사리 장마 기간인 것이다. 고사리는 다 자라면 성인 허리춤보다 키가 높다. 우리가 먹는 고사리는 이런 고사리가 아니고, 처음 땅을 뚫고 올라온 고사리의 새순이다. 장마 기간 중에 잠시 비가 멈춘 날이거나, 장맛비가 사그라들면 제주도민들은 채비를 갖춰 근처 오름이나 한라산

언덕을 오른다. 지천에 깔린 고사리를 채취하기 위해서다.

제주도에서 나고 자란 이들은 눈 감고도 오르내리는 뒷동산 같은 오름으로 느끼겠지만 사실 모든 사고는 안일함에서 비롯된다. 안개 가득한 새벽녘에 아는 길이라는 생각으로 혼자 올랐던 산행. 하지만 장마 직후여서 미끄러운 현무암에 발을 헛디뎌 넘어지기 일쑤다. 이 과정에서 울퉁불퉁한 현무암 지형에 머리라도 들이받게 되면 119를 부를 수도 없다.

제주도에 있는 119안전센터 중 여섯 군데서 하나같이 이 이야기를 했다. 애월에서도 표선에서도 중문에서도 같은 이야기를 들었다. 마치 모든 대원들이 나의 방문을 미리 알고 있기라도 했던 것처럼 토씨 하나 틀리지 않고 똑같은 이야기를 들려주었다. 마지막으로 방문했던 표선 119안전센터에서까지 같은 문제점을 토로하시기에 그 이유를 물었다.

"어쩜 제주도에 있는 모든 센터에서 고사리가 문제라고 하는 거예요?"

"제주도는 119안전센터에서도 구조활동을 하니까요."

제주소방본부는 별도의 구조대가 없었다. 게다가 제주도는 한라산을 중심에 둔 화산섬이므로 저지대에 있는 안전센터는 모두 각자만의 한라산 출동지역이 있었다.

캐리벨트

"그렇게 고사리 출동을 나가면 가장 필요한 건 무엇인가요?"

"필요하다기보다는…… 들것에 태운 환자를 대원 두 명이서 들어야 하는데, 돌도 미끄러워서 2차 사고가 날 위험이 있어요. 그게 가장 걱정이죠."

미끄러운 돌 때문에 실족사고가 난 것인데, 현장에 출동한 소방대원들도 미끄럽기는 마찬가지일 터…… 게다가 소방대원 둘이서 앞뒤로 합을 맞춰가며 들것을 옮겨야 하는 상황이 열악하게 느껴졌다. 이는 제주소방본부 전체가 공감하는 문제이기에

HEREHERO의 담당자로서 해결해야 할 과제라고 생각했다.

들것 대신 좀 더 안정적으로 인명을 구조할 수 있는 '캐리벨트'를 제공하기로 했다. 어린아이를 등에 업은 상태를 상상하면 이해하기 쉽다. 한 사람이 요구조자의 무게를 온전히 감당해내야 하지만 어깨, 등, 허리, 다리까지 무게가 분산되어 혼자서도 충분히 구조를 할 수 있도록 고안했다. 비록 한 지역 문화에서 파악한 사안이었지만 그것이 소방의 문제, 국민 안전의 문제에 위협이 된다면 기업의 사회공헌으로 해결할 수 있음을 깨달았다.

후기

서울영아일시보호소

내게 있어 가장 난감한 질문 중 하나는 "형제가 몇이에요?"라는 말이다. 돌아가신 아버지의 나이를 묻는 것만큼이나 난감하기 그지없다. "여동생이 하나 있는데요, 어렸을 때 스웨덴으로 입양을 가게 되어서 혼자나 다름없이 컸어요."라고 무심하게 얘기할 수도 있지만 그보다 먼저 상대방과의 관계, 대화 분위기, 또 다른 주변 사람들을 다시금 살피게 된다. 대화 분위기를 이끄는 차원에서 질문하는 순수한 의도를 미안함으로 바꾸고 싶지도 않을뿐더러 난감해하는 표정을 바라보는 것 또한 나에겐 고역이다. 그래서 때때로 이렇게 대답하기도 했었다.

"외동이요."

동생이 들으면 섭섭할 수도 있겠지만, 모든 순간 그렇게 답한 것은 아니기에 이해해주리라 믿는다. 사실 어찌 보면 틀린 말도 아니긴 하다. 태어나게 해준 부모님의 입장에서 고려해보자면 나에겐 분명히 여동생이 있는 게 맞지만 함께 자라진 않았기에 나 혼자 부모님의 사랑을 독차지했다는 얘기가 되니까(물론 아버지는 내가 네 살 때 돌아가셨지만). 그래도 스웨덴까지 찾아가 실제로 여동생의 얼굴을 마주보고 끌어안은 오빠로서, 인터넷과 온라인 메신저로 다시금 동생을 찾은 사람으로서 더 이상 외동이라는 느낌은 들지 않는다. 그래서 나 스스로에게 작은 약속을 했다. 언제 동생을 다시 만나게 될지 모르겠지만 그 순간이 올 때까지 동생과 비슷한 길을 걷게 될 아이들을 한 번씩 안아주자고. 한 달에 한 번씩은 그 일을 해야겠다고 다짐했다.

지금까지 그 약속을 꾸준히 지켜올 수 있었던 것은 회사의 도움이 컸다. 회사가 무언가를 해준 것은 아니지만 회사의 위치가 한몫을 한 것이다. 내가 다니는 회사는 빼곡한 빌딩 숲이 즐비한 테헤란로 한가운데 있다. 회사에서 나와 건널목을 하나 건너 골목으로 돌아서면 그곳에 병원이 하나 있다. 내 여동생이 스웨덴으로 입양 가기 전 마지막으로 머물렀던 장소다. '대한사회복지회', 우리나라에서 해외로 입양을 갈 수 있는 네 개의 기관 중 하나이다.

삭막한 빌딩 숲 속의 입양시설에 들어서면 병원 풍경이 펼쳐진다. 대한사회복지회 소속 한서메디칼 병원이다. 병원 위쪽으로는 입양시설의 사무공간들이 위치해 있다. 그중 4층으로 올라가 누런 철문을 열면 도심 속 느낌이 전혀 들지 않는 아기자기한 공간이 펼쳐진다. 그 공간은 중간세계다. 손을 씻고 소독약을 바르는 곳이기도 하지만 태어난 지 한 달 혹은 일주일도 안 되어 이별부터 맛본 아기들을 만나기 전 마음을 추스르는 곳이기도 하다.

모두가 생후 100일이 안 된 아이들이지만 그 가운데서도 조금 큰 아이들과 더 어린 아이들의 방이 나뉘어 있다. 육아봉사나 육아경험이 있는지 여부에 따라 방이 배정되는데 어느 방으로 들어가든 아이를 만나는 과정은 신성하기까지 하다. 아이들은 분명 아무것도 모를 테지만 봉사자들은 괜스레 더 감정이입이 되어 아이들의 미래를 감히 그려보곤 한다.

그 아이들을 안으면서 나 역시 여동생이 느꼈을 감정들을 상상해본다. 찬란한 미래가 펼쳐질 아이들을 잠시나마 안아주고 싶다면 언제든 방문해도 좋다. 이별의 슬픔을 마주할 아이들을 미리 위로해주고 싶다면.

●서울영아일시보호소

서울영아일시보호소에는 대부분 6개월 미만의 영유아들이 보호받고 있으며 입양을 통하여 좋은 양부모를 만나거나 또는 사랑으로 돌봐줄 위탁가정이 선정될 때까지 엄마의 마음으로 아기들을 양육, 보호하고 있다. 아기들에게 더 많은 사랑과 따뜻하고 정서적인 안정을 제공하기 위하여 쾌적한 분위기 조성에 최선을 다하고 있으며 매일 건강진단은 물론 질병이나 장애로 인해 고통받는 아기들에겐 적절한 의료혜택을 제공하는 아동복지시설이다.

IMMA

누구에게나 봉사의 마음이 있다고 생각한다. 다만 일상의 구름이 그 마음을 잠시 가리고 있을 뿐. 가려진 마음의 구름을 걷어내줄 수 있는 사람이 있다면 참 좋겠다는 생각을 하면서 자라왔다. 그 필요성을 알기에 내 구름과 더불어 타인의 구름을 걷어낼 수 있는 사람이 되겠다고 다짐했다. 하지만 바쁜 직장 생활을 하다 보니 어느새 나도 모르게 구름 속에 묻혀 살고 있었다.

신입사원으로 정신없이 지내던 어느 날, 팀장님과 함께 엘리베이터에 올랐다. 팀장님은 평상시 엘리베이터에서 자주 중요한 업무 얘기를 하시기에 약간의 긴장감을 갖고 있었다. 그날도 업무 이야기가 나오지 않을까 마음의 준비를 하고 있는데 팀장님은 딱 한 마디만 하고 내리셨다.

"얼마 전까지만 해도 회사에 봉사동호회가 있었던 것 같은데……."

똑똑한 신입사원은 말 뒤에 숨은 뜻을 잘 파악해야 한다. 헛똑똑이인 나는 내 자리에 가서 바로 사내 봉사동호회를 만들기 시작했다. 봉사의 마음이 아닌, 팀장님이 시킨 업무로서 열과 성을 다하여 고민하고 만들었다. 오후에 업무 미팅으로 회사 사람들을 마주칠 때마다 봉사동호회 얘기를 떠들고 다녔고, 퇴근 시간이 가까워지고 나서야 팀장님에게 봉사동호회를 만들기 시작했다고 알렸다.

"어? 벌써?"

팀장님의 대답에 나는 당황할 수밖에 없었다. 팀장님이 업무지시를 한 게 아니었다는 것을 깨달았기 때문이다. 그래도 벌여놓은 일이니 마무리는 해야겠다 싶어서 봉사동호회를 마저 만들기로 했다. 마침 『체인지메이커 혁명』이라는 책을 읽고 있었다. 자기가 사는 사회에서 변화를 이끌어내는 사람들의 사례가 담겨 있는 책이다. 인도 인력거 시장의 폐해를 발견한 슬라딥 박사가 인력거 은행을 만들어서 인력거 주인이 될 수 있는 기회를 만들어주었고, 평범한 가정주부였던 우르술라슬라덱 씨가 유럽 최대의 친환경 에너지 회사를 만든 사례도 담겨 있었다. 책에 소개되는 체인지메이커들처럼 회사의 임직원들도 작은 영향력impact을 행사하는 사람들이지 않을까 해서 봉사동호회 이름을 Impact Makers라고 지었다.

그리고 앞의 두 글자씩을 따서 IMMA(임마)가 되었다.

IMMA 로고는 선한 임팩트가 파동처럼 퍼져나간다는 의미를 담고 있다.

IMMA의 활동은 세부적으로 봉사처를 투표하는 '투표해

IMMA', 투표 결과에 따라 봉사를 하는 '봉사해IMMA', 기부활동을 하는 '기부해IMMA', 서울영아일시보호소에서 입양 가기 전 신생아를 돌보는 상시 봉사인 '돌봐줘IMMA'가 있다.

원종건의 엄지장갑 이야기

초판 1쇄 발행 • 2018년 11월 30일

지은이 • 원종건
펴낸이 • 김요안
편　집 • 강희진
디자인 • 박정민

펴낸곳 • 북레시피
주소 • 서울시 마포구 신수로 59-1, 2층
전화 • 02-716-1228
팩스 • 02-6442-9684
이메일 • bookrecipe2015@naver.com | esop98@hanmail.net
홈페이지 • www.bookrecipe.co.kr | https://bookrecipe.modoo.at
등록 • 2015년 4월 24일(제2015-000141호)
창립 • 2015년 9월 9일

종이 • 화인페이퍼 | 인쇄 • 삼신문화사 | 후가공 • 금성LSM | 제본 • 대흥제책

ISBN 979-11-88140-46-6 (03810)

• 이 도서의 국립중앙도서관 출판예정도서목록(CIP)은 서지정보유통지원시스템 홈페이지(http://seoji.nl.go.kr)와 국가자료공동목록시스템(http://www.nl.go.kr/kolisnet)에서 이용하실 수 있습니다. (CIP제어번호: CIP2018036195)